새로운 인생을 팝니다

Parnassus on Wheels by Christopher Morley
This Korean edition was published by Mindcube in 2017.

이 책은 저작권법에 의해 한국 내에서 보호를 받는 저작물이므로 무단전제와 복제를 금합니다.

Parnassus on Wheels
꿈과 사랑을 실어 나르는 이동서점 이야기

새로운 인생을 팝니다

크리스토퍼 몰리 지음 / 김인수 옮김

"책을 판다는 건 단지 50그램의 종이와 잉크와 풀을 파는 게 아니에요.
새로운 인생을 파는 거란 말이에요.
책에는 사랑과 우정과 유머와 모험이 들어 있고,
밤바다를 항해하는 배가 들어 있고, 온 하늘과 땅이 들어 있어요.
새로운 인생이 담겨 있어요.
진짜 책에는 말이죠!"

"책을 판다는 건 단지 50그램의 종이와 풀을 파는 게 아니에요. 새로운 인생을 파는 거란 말이에요.

책에는 사랑과 우정과 유머가 들어 있고, 밤바다를 항해하는 배가 들어 있고,
온 하늘과 땅이 들어 있어요. 진짜 책에는 말이죠!"

미국 헴필드의
데이비드 그레이슨 선생께 보내는 편지

존경하는 데이비드 그레이슨 선생,

책 표지에 저의 이름이 적혀 있긴 합니다만, 이 책의 진짜 저자는 헬렌 맥길 양(지금은 미플린 부인)입니다. 그녀는 쏙 빠져들 만한 활달함으로 저에게 이 이야기를 들려주었습니다. 그녀를 대신하여 제가 이렇게 몇 마디 감사의 인사를 드립니다.
  미플린 부인은 책 쓰는 일에 대해서는 일머리를 잘 모릅니다. 이 책이 그녀의 첫 시도이고, 그녀가 다음 책을 쓰게 될지 어떨지는 가봐야 알 일이지요. 그런데 제가 보기에 그녀는 자신의 이야기가 선생의 매혹 가득한 작품들에 많은 빚을 지고 있다는 사실을 잘 깨닫지 못하고 있는 듯합니다. 사비니의 농장의 그녀의 탁자 위에는 선생의 『만족의 모험』이 늘 놓여 있었습니다. 하루의 길었던 부엌일을 마치면 그녀는 그 탁자 앞에 앉아 손때 묻은 그 책을 봄꽃처럼 웃으며 읽었지요. 그녀는 책에 나오는 선생과 누이 해리엇 그레이슨 양의 이야기가 그녀 자신과 오빠 앤드류를 떠올리게 한다고 말했습니다. 그러나 동시에 그 책은 '불만족의 모험'이기도 하다며 볼멘소리를 하기도 했습니다. 왜 해리엇 양의 입장에서 쓴 이야기는 없는지 모르겠다고 말입니다. 그래서 그녀는 스스로 모험을 겪고 그 모험 이야기를 글로 쓰게 됐을 때, 자기도 모르게 선생의 방식을 일부 채택하게 된 것이라고 저는 생각합니다.

그레이슨 선생! 선생의 작품에 대한 이 순정 어린 감사를 선생은 마다하지 않으시겠지요. 어찌되었든, 우리 모두가 진작부터 그 훌륭한 품성을 칭송해 마지않았던 해리엇 양은 미플린 부인에게서 자기와 쏙 닮은 영혼을 발견하게 될 것이라고 저는 생각합니다.

미플린 부인이 자신의 출판업 및 신문업자와 접촉을 끊지 않았다면, 그녀는 이 책 속의 모든 이야기를 자기만의 생생한 언어로 당신께 직접 말씀드렸을 것입니다. 그러나 그녀와 교수는 현재 그들의 이동서점 파르나소스를 타고 전국을 돌고 있는 중입니다. 인간에게 알려진 가장 경건한 오락인 책 파는 일에 행복하게 푹 빠진 채 말입니다. 그들이 독자들에게 권하는 가장 유익하고 활기 가득한 책은 바로 선생의 빛나는 이름이 적힌 책들일 것이라고 저는 자신합니다. 저를 믿으십시오, 그레이슨 씨. 그럼 안녕히 계십시오.

평안을 빌며,
크리스토퍼 몰리 드림

Christopher Morley

제1장

고등교육 속에는 허튼소리도 적잖이 들어 있지 않나 생각해요. 로그수학이나 다양한 형태의 시를 많이 공부했다는 사람치고 그릇 닦고 양말 깁는 일을 조금이라도 더 빨리 해내는 사람이 있다는 소리를 들어보지 못했거든요. 나는 없는 시간을 쪼개가며 상당한 양의 책을 읽었고, 책을 사랑하는 사람들을 낮추어 말하고 싶은 생각은 모기 눈물만큼도 없어요. 하지만, 의젓하고 실제적이었던 사람들이 너무 많은 훌륭한 인쇄물들 때문에 망가져간 경우도 적지 않다는 걸 나는 알아요. 나는 소네트를 읽으면 딸꾹질만 나던데 말이죠.

나는 저자가 되어보겠다는 생각은 꼬물도 가져보지 않았어요. 하지만 앤드류와 나의 이야기 속에, 그리고 우리의 그 평온했던 나날살이가 책으로 인해 무너지게 된 과정 속에, 재미스러운 얘기들이 꽤 있다고 생각해요. 당신에게 그 얘길 들려드리려고 그래요. 하긴 어쩌면, 진짜 이름이 겐스플레시(라고 교수가 그러더군요)인 구텐베르크가 책 만드는 인쇄기계를 발명하는 데 드는 돈을 빌리던 그 순간부터, 세상의 많은 골칫거리는 시작된 것인지도 몰라요.

앤드류와 나는 꽤나 행복하게 지냈었다고 말할 수 있어요. 그가 저자가 되기 전까지는 말이죠. 만약 내게 앞날을 내다보는 눈이 있어 그의 작품이 몰고 올 풍파를 미리 알았더라면, 나는 분명히 그의 첫 원고를 부엌 오븐에 넣고 살라버렸을 거예요.

세상 사람들 모두가 읽은 그 책들의 저자 앤드류 맥길이 나의 오빠입니다. 달리 말해 나는 그의 여동생, 열 살 어린 여동생이죠. 몇 년 전까지만 해도 앤드류는 남다를 것 없는 평범한 직장인이었습니다. 그러다 건강에 문제가 생겼어요. 많은 이야기책의 등장인물처럼 그도 시골로, 그의 말대로라면 자연의 품으로 돌아갔습니다. 당시 무너져가던 가정에 남은 이라곤 그와 나 둘뿐이었어요. 나는 뉴욕의 브라운스톤 지역에서 양심적인 가정교사로서 거의 소멸해가던 중이었죠. 그때 그가 나를 구해주었어요. 우리는 각자 모아두었던 돈을 합쳐 농장을 하나 샀습니다. 진짜 농부가 된 것이었죠. 해 뜨면 일어나고 해 지면 자리에 들었어요. 앤드류는 멜빵바지와 풀기 없는 셔츠를 입었고, 점점 그을고 투박해졌습니다. 내 손 역시 빨랫비누 거품으로 빨개지고 동상으로 파래졌어요. 나는 해포가 넘도록 레드펀옷 광고 눈요기도 못한 채 전쟁터와도 같은 부엌에서 고된 일들을 사랑하는 법을 배워야 했습니다.

　우리가 읽을거리라고는 정부가 낸 농업백서와 특허의약품연감, 씨앗 설명서, 그리고 유통업체 가격표가 다였어요. 그래서 우리는 『농장과 가정』을 구독했고, 그 기사를 소리 내어 읽곤 했습니다. 간혹 뭔가 가슴을 휘젓는 감동 같은 걸 느끼고 싶을 땐 『구약성서』에서 심금 울리는 대목을 찾아 읽었어요. 가령 앤드류가 좋아하는 『예레미아서』 같은 것 말이죠. 한동안 농장은 제법 번창을 이어갔습니다. 앤드류는 농장 울타리에 기대어 서녘으로 뉘엿뉘엿 넘어가는 해를 바라보기도 했고, 파이프 담배의 불이 어떤지를 가지고 다음날의 날씨를 알아맞히기도 했습니다.

　그렇게 우리는 아주아주 행복했어요. 하지만 그 행복은 앤드류가 우리의 그 행복을 세상에 알려야겠다는 몹쓸 생각을 떠올리면서 깨지기 시작했어요. 나는 그가 늘상 책을 끼고 지내도록 놔둔 게 후회돼요. 대학 다닐 때 학생잡지를 만들었던 경험이 있는 그는 이따금 『농장과 가정』 기사에 대해 볼멘소리를 했고, 그때마다 학생 때 만들었던 잡지를 꺼내와 보여주었어요. 거기서 자기가 썼던 시나 기사를 읽어주었고, 언젠가는 그 비슷한 걸 다시 쓰겠노라 혼잣말처럼 중얼거렸죠. 하지만 그때 내 신경은 온통 알 낳는 닭들에 가 있던 터라 그의 말을 한 귀로 듣고

한 귀로 흘렸기 때문에 그의 말에 담긴 위험을 제대로 감지하지 못했어요. 지금 생각해보면 그때 그의 말에 좀더 모질게 대했어야 했어요.

그 무렵 종조부 필립 씨가 돌아가셨고, 그분이 남기신 자동차 한 대분의 책이 우리 집으로 오게 됐어요. 종조부는 대학교수셨는데, 앤드류를 어릴 때부터 무척 귀여워해 주셨고, 그가 대학을 졸업할 때까지 죽 돌봐주신 분이었어요. 그분에겐 우리가 유일한 친척이었고, 그래서 그 책들을 우리한테 물려주신 거였죠. 책이 도착한 건 어느 화창한 날이었는데, 지금 생각해보면 그날이 종말의 시작이었어요. 앤드류는 책을 들여놓기 위해 거실을 온통 서재로 꾸며놓더니 그것도 모자라 거실 쪽에 연결된 낡은 닭장을 자기 서재로 개조해서 난로까지 들여놓고는 거기서 밤이 이슥토록 나올 생각을 하지 않았어요. 나중에 알고 보니 그는 농장 이름도 (여러해 전부터 '늪구덩이'라고 불리던 것을) '사비니 농장'*으로 바꾸었더군요. 우리 농장을 문학의 향원 같은 것으로 여겼던 거죠. 그는 일용품을 장만하러 레드필드로 갈 때도 책을 달고 갔고, 그럴 때 그의 귀가는 하염없이 늘어지곤 했습니다. 우리집 늙은 말 벤은 마차의 끌채 사이에서 마냥 기다려야 했어

---

* 고대 로마의 문학 애호가였던 마에케나스가 시인 호라티우스에게 선물한 농장 이름이다.

요. 앤드류가 책에서 헤어나올 때까지 말이죠.

그래도 난 크게 신경 쓰지 않았고, 신경 쓸 수도 없었어요. 내가 좀 느긋한 성미이기도 했고, 또 앤드류가 농장 문을 닫지 않는 한 워낙 일이 산더미처럼 쌓여 있었으니까요. 나는 아침으로는 더운 빵과 커피, 계란, 각종 잼이나 절임류를 차렸어요. 점심으로는 수프와 따뜻한 고기요리, 채소, 덤플링, 그레이비, 갈색 빵, 월귤 푸딩, 초콜릿 케이크, 그리고 버터밀크를 준비했고요. 그리고 저녁으로는 머핀, 차, 소시지 구이, 블랙베리 크림, 그리고 도넛을 만들었죠. 이게 내가 여러 해 동안 하루도 거르지 않고 차린 세 끼 메뉴예요. 그러니 나는 내 일 아닌 것에 도무지 신경 쓸 겨를이 없었던 거예요.

그러던 어느 아침, 나는 앤드류가 두툼한 소포를 싸는 걸 목격했습니다. 그가 좀 멋쩍어 하는 것 같기에, 나는 그게 뭐냐고 물었죠.

"어, 책을 한 권 써봤어."

앤드류가 말했어요. 그러면서 내게 겉장을 보여주더군요.

『되찾은 낙원』
앤드류 맥길 지음

하지만 그때까지도 나는 별 걱정을 하진 않았어요. 그런 걸 출판할 사람이 있으리라고는 꿈에도 생각하지 못했거든요. 그런데 웬걸! 달포 뒤에 한 출판사에서 편지가 왔습니다. 원고를 사겠다는 거였어요! 앤드류는 그 편지를 액자에 넣어 떡하니 책상 위에 올려놓았는데, 편지의 내용인즉 이랬어요.

데카메론, 존스 앤 컴퍼니 출판사
뉴욕 유니온스퀘어

앤드류 맥길 선생님께
저희는 선생님의 『되찾은 낙원』 원고를 감명 깊게 읽었습니다. 분별 있는 시골생활이 즐거움에 대한 원기 넘치는 이 기록은 마땅히 대중의 조명을 받도록 해야 하며, 따라서 약간의 수정과 축약을 제외한다면 현재의 원고 그대로 출판하는 것이 좋을 것이라는 데 대하여 저희의 마음속에 아무런 의심의 여지가 없습니다. 저희는 선생님께서도 이미 알고 계실 것으로 짐작되는 토르토니 작가에게 삽화를 맡길 계획이온바, 작가가 선생님 댁 주변의 풍광을 익힐 수 있도록 선생님께 연락을 드려도 폐가 되지 않을지 여부를 알려주시면 감사하겠습니다.
저희는 선생님께 이 책의 판매정가의 10%를 인세로 지급해

드릴 예정이오며, 선생님께서 이 조건에 동의하신다면 동봉해 드리는 두 통의 계약서에 서명하여 반송해주시기를 바라겠습니다.

저희는 선생님께 다음과 같이 약속드리는 바입니다. *어쩌구 어쩌구……*

*1907년 1월 13일
데카메론, 존슨 앤 컴퍼니*

뒷날 나는 그 책에 어울리는 진짜 제목은 "잃어버린 낙원"일 거라는 생각을 했어요. 어찌됐든 책은 1907년 가을에 출판이 됐고 그때부터 우리 생활은 이전과 판이하게 달라졌습니다. 불행하게도 그 책은 그 해 전국에서 가장 많이 팔린 베스트셀러가 됐고, "진정한 인생의 길을 밝히는 복음서"로 널리 떠벌여졌죠. 그러자 여기저기 내로라하는 출판사와 잡지사들이 앞 다투어 앤드류의 다음 원고를 따내려고 제안 편지를 보내왔어요. 출판사들이 저자의 관심을 끌기 위해 동원하는 수법에는 기상천외한 것들도 많더군요. 『되찾은 낙원』에서 앤드류는 우리 집을 찾아오는 떠돌이들이 매우 진기하고 매력적이었으며(내가 한 가지 덧붙이자면, 지저분했어요), 우리는 그런 가치 있는 사람들을 외

면한 적이 없다고 썼어요. 그랬더니 책이 출간된 이듬해 봄 어느 날, 배낭을 멘 추레한 차림의 떠돌이 한 명이 찾아와서는 앤드류의 책에 대해 밤새도록 듣기 좋은 소리를 다 늘어놓는 거예요. 그런데 알고 보니 그 사람은, 다음날 아침식사 자리에서 스스로 밝힌 것처럼 뉴욕의 이름난 출판업자였어요! 그러니까 그는 앤드류와 안면을 트려고 그런 유랑객 행세를 했던 거였어요.

사정이 이러했으니, 앤드류가 얼마나 신속하게 망가져 갔는지를 당신이 상상하기는 어렵지 않겠죠. 이듬해 어느 날 그는 부엌 테이블에 쪽지 한 장을 달랑 남기고 갑자기 사라졌어요. 새 책을 쓰는 데 필요한 자료를 구한답시고 자그마치 달포 반 동안이나 농장을 비운 채 전국을 쑤시고 다녔던 겁니다. 나는 그가 뉴욕의 편집자나 그 비슷한 사람들을 만나지 못하게 하려고 갖은 애를 다 써야 했습니다. 그런 중에도 그의 책에 관한 서평을 모은 봉투가 심심찮게 배달됐고, 그는 그걸 글자 세듯하며 읽었습니다. 정신없이 옥수수 밭을 개간해도 모자랄 그 시간에 말이에요! 다행히 우편배달부는 앤드류가 들에 나가 있는 오전 나절에 도착하곤 했어요. 이 말은 그가 편지를 보기 전에 내가 먼저 훑어볼 수 있었다는 뜻이에요. 그의 두 번째 책(제목은 『시골의 행복』)이 나온 뒤로 출판사에서 보내오는 우편물은 갈수록 더 두툼해졌는데, 나는 그게 앤드류 손에 들어가기 전에 얼른 난로

속으로 던져버리곤 했습니다. 예외가 있다면 데카메론 존스 출판사에서 온 것이었는데, 이유는 딱 하나, 안에 수표가 들어 있기 때문이었죠. 이따금씩 문인이라는 사람들이 앤드류를 만나겠다고 찾아왔는데, 그때마다 나는 그가 집에 없다며 그들을 돌려보냈어요.

하지만 나의 이런 노력도 다 소용없었어요. 앤드류는 점점 농부에서 멀어졌고, 그만큼 더 문인에 가까워졌어요. 그는 타자기도 장만했죠. 그가 축사 옆에서 서성거린 건 헛간 위에 달린 풍향계가 남서풍을 북풍으로 잘못 가리키는 걸 바로잡기 위해서가 아니라 단지 석양을 묘사하는 마땅한 형용사를 수첩에 적어두기 위해서였어요. 그는 이제 더 이상 유통업체 전단지 따위는 읽지 않았습니다. 마침내 데카메론 씨가 우리 집에 찾아와 앤드류에게 전원시집을 출판하지 않겠느냐고 제안했을 때, 그는 두말없이 그 제안을 받아들였어요.

그렇게 앤드류가 문인이 되어 새 책을 쓴답시고 모험을 수집하러 방랑여행을 떠난 뒤에도 나는 꿋꿋하게 농장을 지켰어요. 여전히 달걀을 셌고, 여전히 하루 세 끼를 만들었죠. (그가 이 여행에서 돌아올 때의 모습을 당신 눈으로 직접 보았으면 얼마나 좋았을까 싶어요. 옷가지는 말짱한 게 하나도 없고, 수중에 땡전 한 푼 없이 터덜터덜 걸어오던 그 모습이라니. 감기에 된통 걸려서 온 적도 있었어요. 물론 3주간의 수발은 고스란히 내 몫이었죠.) 실상이 이러한데도 그를 '레드필드의 현자(賢者)'로 추켜세운 어떤 이는 나를 가리켜 "위대한 작가가 인생의 가정적 리얼리티를 잃지 않도록 해준 내조자"래요. 심지어 "시골의 크산티페"라고 묘사한 적도 있어요. 그래서 나는 그의 무기로 그에게 갚아주어야겠다고 결심했어요. 그 무기란 바로 나의 이야기죠.

제2장

그날은 아주 화창하고 상쾌한 가을날이었어요. 10월이었을 거예요. 나는 부엌에서 사과소스를 만들려고 사과 속을 발라내고 있었습니다. 우리는 점심으로 로스트포크와 삶은 감자, 그리고 앤드류가 '반다이크 브라운'이라고 부르는 진갈색 그레이비를 먹을 계획이었어요. 밀가루와 식품 몇 가지를 사러 시내에 간 앤드류는 정오가 되도록 돌아오지 않고 있었죠.

월요일이었기 때문에 세탁도우미 맥널리 아주머니가 빨래를 하러 왔습니다. 내가 자작나무 가지를 몇 개 가져오려고 막 장작더미 쪽으로 나가려던 참에, 문 앞에 마차 한 대가 멈추는 소리가 들렸습니다. 무슨 일인가 나가보니, 내가 이제껏 본 말 중에서 가장 육중한 백마 한 마리와 밴처럼 생긴 이상한 모양의 포장마차 한 대가 서 있는 거예요. 키가 작달막하고 수염이 불그레한 재미있게 생긴 남자가 운전석에 앉아 뭐라고 말을 건넸는데, 나는 그의 말이 귀에 들어오지 않았어요. 정신이 온통 그 묘하게 생긴 마차에 팔려 있었거든요.

마차는 밝은 청록색이었는데, 그 옆면에 큼직한 붉은 글씨로 이렇게 씌어 있었어요.

로저 미플린의 파르나소스 이동서점
양서 판매
셰익스피어, 찰스 램, 로버트 루이스 스티븐슨,
해즐릿, 그 외 작가들

마차 하단에는 포대 끈에 묶인 텐트 같은 게 달려 있었고, 그 옆에는 등잔, 양동이 같은 자잘한 물건들이 이것저것 걸려 있었습니다. 지붕에는 채광창이 약간 솟아 있어 구식 노면전차 비슷한 느낌을 풍겼고, 한쪽 구석으로는 난로 연통이 솟아 있었죠. 뒤쪽으로 가보니 쪽창을 낸 문이 있었고, 문 아래에 발디딤판 겸 층계가 달려 있었어요.

내가 이 요상하게 생긴 마차를 빙 둘러보는 동안, 작달막하고 불그레한 얼굴의 남자는 운전석에서 내려와 나를 바라보았습니다. 남자의 얼굴은 풍상을 겪은 냉소에다 즐거운 농담을 유머러스하게 섞어놓은 듯한 얼굴이었어요. 허름한 노퍽재킷 차림에 적갈색 수염을 잔다랗게 길렀는데, 머리는 민둥산처럼 거의 다 벗겨진 상태였죠.

"여기가 앤드류 맥길 씨 댁 맞나요?" 그가 물었습니다.

나는 그렇다고 대답했어요. 그리고 이렇게 덧붙였어요.

"하지만 그는 지금은 없어요. 정오 지나면 돌아 올거예요. 점심으로 로스트포크가 기다리고 있거든요."

"오! 그럼 사과소스도 있겠군요?" 작달막한 남자가 말했어요.

"사과소스와 갈색 그레이비죠." 나는 대답했어요. "그것만 있으면 그는 제때에 돌아오게 돼 있어요. 다른 음식일 때는 종종 늦는 경우가 있지만 로스트포크가 있는 날은 결코 그런 법이 없죠. 앤드류는 랍비 일을 할 사람은 아니니까요."

그런데 그때, 갑자기 한 가지 떠오르는 의심이 있었습니다. 나는 외치다시피 말했어요.

"어머! 당신 혹시 출판사 사람 아니에요? 앤드류는 왜 찾는거죠?"

작달막한 남자는 팔을 벌려 밴과 백마를 가리키며 말했습니다.

"저는 그 분이 이 장비를 인수할 의향 없으신지 여쭤보러 왔습죠."

그러면서 그는 밴의 걸쇠 하나를 끌러 옆면의 덮개를 들어 올렸습니다. 마치 마차가 한쪽 날개를 펴는 것 같았죠. 그러자 그 안에는 여러 단으로 가지런히 진열된 책들이 보였어요. 그러니까 밴의 옆면은 커다란 책장과도 같았던 거예요. 서가 위에 또 서가가 얹혔고, 거기에 책들이 가득 꽂혀 있었습니다. 새책도 있었고 헌책도 있었죠. 생전 처음 보는 광경에 멍하니 서 있는 나에게 남자가 명함을 내밀었어요. 명함에는 이렇게 인쇄되어 있었습니다.

로저 미플린의 파르나소스 이동서점
— R. 미플린 교수

소중한 친구여!
나의 마차에는 책이 가득 실렸소.
새책과 헌책 모두 있소.
인간의 가장 진실된 벗인 책이
이 구르는 캐러밴에 실려 있소.
모든 필요를 채워줄 책이요.
뮤즈들의 노래처럼 감미로운 시,
열정과 매혹의 소설,
요리서와 농업서,
모든 필요를 위한 모든 종류의 책이 있소.
책을 사면 읽으리니,
어느 도서관인들 우리보다 나을까?

내가 명함을 보며 살짝 웃는 동안 남자는 파르나소스의 다른 쪽 덮개도 들어 올렸어요. 물론 거기에도 마찬가지로 책이 잔뜩 꽂힌 책장이 있었고요.

현실적인 걸 짚어야만 직성이 풀리는 사람인 내가 이렇게 말했습니다.

"대단하군요, 책이! 그런데 이 무거운 걸 끌고 다니려면 아주 아주 힘센 말이 필요할 거 같은데요? 석탄보다 무게가 더 나가지 않나요?

"무겁긴 하죠." 남자가 말했습니다. "하지만 저 페그 혼자서 충분합니다. 우린 그다지 빨리 달리지 않거든요. 어쨌든 저는 이걸 팔려고 합니다. 댁의 남편께서 이 장비 일체를, 그러니까 이 파르나소스와 페가소스와 그 외 일체를 사지 않으실까요? 그분이 책을 굉장히 좋아하신다고 해서 드리는 말씀입니다.

"잠깐만요!" 내가 말했어요. "앤드류는 내 남편이 아니라 오빠예요. 그리고 그는 책을 좋아하긴 하죠. 그런데 우리 농장은 곧 책 때문에 망할지도 몰라요. 그가 농장 일은 않고 알 품는 닭처럼 종일 앉아서 책만 보니까요. 맙소사! 그가 이 책들을 봤다면, 그는 아마 일주일은 잠을 못 잘 거예요. 저는요, 출판사에서 보낸 도서목록 같은 것도 앤드류가 못 보게 해요. 그가 지금 이 자리에 없는 게 얼마나 다행인지 몰라요. 정말로요!"

제2장 23

앞에서 말한 것처럼 나는 문학적인 사람은 아니에요. 하지만 좋은 책을 아끼는 사람이긴 하죠. 그 남자의 책장을 본 순간 나는 책들에서 눈을 뗄 수가 없었습니다. 책은 아주 다양했어요. 시집, 산문집, 소설책, 요리책, 청소년물, 교과서, 성경 등등 없는 게 없었죠.

"제 말 좀 들어보세요." 작달막한 남자가 말했습니다. 그리고 나는 이때, 그의 눈에서 어떤 열정 같은 게 빛을 발한다는 느낌을 받았습니다. "저는 이 파르나소스를 7년째 몰고 돌아다니고 있습니다. 플로리다에서 메인까지 안 다닌 데가 없죠. 나는 엘리엇 박사가 5피트서가*로 그랬던 것처럼, 시골에 문학을 공급하는 일을 해왔습니다. 그런데 이제 이걸 팔 때가 됐어요. 저는 이제 '농부와 문학'을 주제로 책을 쓸 겁니다. 동생과 브루클린에 정착해서 쓸 거예요. 벌써 자료는 충분히 모았어요. 그래서 맥길 씨가 돌아오실 때까지 기다렸다가 이것들을 인수할 생각이 없으신지 물어보려고 하는 겁니다. 저는 단돈 400달러에 이 말과 밴과 책 모두를 넘겨드리려 합니다. 제가 앤드류 맥길 씨의 생각을 책에서 읽었는데, 그런 생각을 가진 분이라면 틀림없이 저의 제안에 흥미를 느끼실 겁니다. 저는 이 파르나소스로 재미

---

* 하버드대학 총장이었던 엘리엇 박사가 선정하여 장려한 '하버드 클래식' 총서를 말한다. 이 책들을 서가에 꽂으면 높이가 5피트 정도 된다 하여 '5피트서가'라고 불렀다.

있는 일을 정말 많이 겪었어요. 학교에서 애들 가르치다가 건강 때문에 이 일을 하게 됐는데, 들어간 돈보다 벌기도 많이 벌었지만, 무엇보다 인생의 참다운 시간들을 많이 누렸지요."

"알겠어요, 미플린 씨." 나는 말했어요. "잠깐 머무시겠다면 말리진 않겠어요. 하지만 당신과 당신의 저 파르나소스가 이런 식으로 다시 나타나진 않았으면 좋겠네요."

나는 이렇게 말하고 발길을 부엌으로 향했어요. 앤드류가 저 마차 가득한 책이나 미플린 씨의 괴짜 같은 시가 적힌 명함을 보면 분명히 또 허공으로 붕 뜨리라는 걸 나는 잘 알고 있었습니다.

나는 솔직히 심란했어요. 앤드류는 어린 여자애들처럼 현실을 모르는 공상적인 사람이었거든요. 늘 새로운 모험 타령을 하면서 여기저기 안 다니는 데가 없었죠. 저 파르나소스를 그가 봤다면 그는 그 자리에서 덜컥 넘어갔을 겁니다. 게다가 데카메론 씨가 새 책을 내자고 그의 뒤를 졸졸 따라다니고 있는 상황이었거든요. (그걸 내가 알게 된 건, 몇 주 전에 데카메론 씨가 『시골의 행복』 속편을 준비하는 여행을 하자고 그에게 보낸 편지를 내가 가로채 읽었기 때문이에요. 그 편지가 왔을 때 앤드류는 집에 없었어요. 나는 출판사에서 온 편지 내용이 걱정되어 읽지 않고는 배길 수가 없었죠. 나는 편지를 열었고, 읽었고, 그리곤 태워버렸어요. 여행? 아직도 모자라서 또? 책 한권 쓸

때마다 장돌뱅이처럼 쏘다니기만 하면 농장 일은 누가 해요?)

부엌에서 일하면서 보니 미플린 씨는 아주 태평한 모습이었어요. 그는 말고삐를 마차에서 끌러 울타리에 매고 장작더미에 앉아 파이프에 불을 붙였죠. 그 모습이 나를 더 심란하게 했어요. 그리고 그 심란함은 점점 더 커졌죠. 결국 나는 밖으로 나가 대머리 행상인에게 한마디 했습니다.

"이것 보세요. 남의 집 마당에서 너무 하시는 거 아닌가요? 나는 당신과 저 떠돌이 파르나소스가 여기 있는 걸 원치 않아요. 남의 행복한 가정 들쑤실 생각 마시고, 오빠가 돌아오기 전에 얼른 비켜 주시면 좋겠어요."

"맥길 양," 그가 말했습니다. (그런데 징그럽게도 그 남자는 자기만의 어떤 즐거운 방식을 지니고 있는 것 같았어요. 반짝이는 밝은 눈과 자라다 만 것 같은 잗다란 수염으로 말이에요.) "저는 당신께 무례를 범할 생각은 눈곱만큼도 없습니다. 당신이 여기서 나가라 하시면 당연히 나가야죠. 하지만 분명히 말씀드리지만, 저는 여기서 나가도 맥길 씨가 돌아오는 길목에서 계속 기다릴 겁니다. 저는 이 문화의 캐러밴을 팔려고 왔고, 스윈번의 이름으로 말하건대 당신 오빠 분께서 이걸 인수하실 최고의 적임자라고 생각하니까요."

이 말에 나는 피가 거꾸로 솟는 것 같았어요. 앤드류가 저 책들을 보면 어떻게 되겠어요? 그래서 앞뒤 계산도 없이 나는 얼결에 이렇게 말하고 말았습니다.

"앤드류가 당신의 저 낡아빠진 파르나소스를 사게 놔두느니, 차라리 내가 사겠어요. 나한테 파세요. 300달러 드리죠."

그러자 작달막한 남자의 안색이 밝아지더군요. 그는 내 제안을 받아들이지도, 그렇다고 거부하지도 않았어요. (솔직히 내가 말은 그렇게 했지만, 사실은 그 남자가 당장 그렇게 하자고 나올까봐 마음이 얼마나 조마조마했는지 몰라요. 포드 자동차를 사려고 3년간 모은 저금이 한 순간에 펑, 사라질까봐.)

"자, 이리 와서 제 마차의 또다른 모습을 좀 보시겠어요?" 그가 말했습니다.

나는 로저 미플린 씨가 밴의 내부를 정말 안락하게 잘 꾸몄다는 점을 인정하지 않을 수 없었어요. 마차의 몸체는 양쪽 바퀴보다 밖으로 더 돌출되게 만들어졌는데, 덕분에 좀 위태하게 보이긴 해도 여분의 공간이 생겨 거기에 책장을 세울 수 있었던 것 같았죠. 밴의 실내 공간은 너비가 대략 1.5미터 정도, 길이는 3미터 좀 안 되어 보였어요. 한쪽 벽으로는 기름난로와 접이식 테이블, 그 옆에 푹신해 보이는 침상, 그리고 그 위에 아마도 옷가지 같은 걸 넣어두는 서랍장 같은 게 있었습니다. 다른 쪽 벽으로는 고리버들로 엮어 만든 소형 안락의자와 작은 책상, 그리고 예쁘장한 제라늄 화분이 놓인 작은 책꽂이가 놓여 있었죠. 벽에는 공간을 놀리지 않으려고 서가와 옷걸이와 찬장 같은 걸 달았고, 난로 위쪽으로는 그릇과 접시와 기타 요리도구들이 알끈하니 정돈돼 있었습니다. 그리고 천장 중앙의 빛이 들어오는 채광창을 지붕보다 위로 솟게 만들어서, 그 아래 서면 허리를 펼 수 있게 되어 있었고요. 앞쪽으로는 운전석을 내다볼 수 있는 여닫이창이 있었고, 앞창문과 뒷창문에 모두 커튼이 달려 있었지요. 침상의 밝은 멕시코풍 담요 위에는 연갈색의 아일랜드 테리어 강아지도 엎드려 있었어요. 강아지를 보자 내 기분은 한결 좋아졌습니다.

"맥길 양," 그가 말했어요. "나는 400달러 밑으로는 파르나소스를 팔 수 없습니다. 나는 이걸 만드는 데 그 두 배의 돈을 들였습니다. 보십시오, 얼마나 깨끗하고 짱짱합니까? 게다가 이 안에는 담요에서부터 수프 재료까지 사람한테 필요한 게 없는 게 없어요. 강아지에 요리도구에 아무튼 운항에 필요한 모든 걸 다 합쳐서 400달러란 말입니다. 보시다시피 마차 아래의 포대에는 텐트도 있고, 이렇게 얼음박스랑 (그는 침상 아래의 바닥 문을 들어 올려 보여주었어요.) 석유통이랑 그밖에 별 별것들이 다 있단 말입니다. 요트만큼이나 멋지죠. 제가 이 좋은 걸 왜 파느냐 하면, 이제 좀 쉬고 싶기 때문입니다. 만약 오빠분이 이 파르나소스에 마음 뺏기는 게 그렇게 걱정이시라면, 당신이 이걸 사서 떠나면 되지 않습니까? 오빠더러 집을 보라 하고, 오빠더러 농장을 지키라 하세요. 안 그래요? 원하신다면 당신이 이 일을 시작할 수 있도록 제가 도와드릴 수 있습니다. 하루 꼬박 당신과 다니면서 모든 걸 설명드리죠. 당신은 파르나소스에서 보내는 인생의 시간이란 게 어떤 건지 경험하시게 될 겁니다. 당신 자신에게 멋진 휴가를 줘 보세요. 오빠에게는 멋지게 한 방 먹이고요. 안 될 것 없잖아요?"

그가 보여준 이 야릇하게 생긴 마차의 매력 때문인지, 아니면 그의 제안에 담긴 어떤 광기 때문인지, 또 아니면 앤드류에게 한 방 먹이고 나 스스로의 모험을 하고 싶다는 깊숙한 열망 때문인지, 그건 잘 모르겠어요. 하지만 분명한 건, 내가 전에 없던 비상한 충동에 사로잡혔다는 사실이었어요.

"좋아요!" 나는 말했어요. "그렇게 하죠."

나, 헬렌이 나이 서른아홉에 말이에요!

제3장

'그래 좋아,' 나는 잠시 생각했습니다. '모험을 떠나려면 날쌔게 움직여야지. 앤드류는 열두 시 반이면 집에 도착할 거고, 그를 따돌리려면 지금 출발해야 해. 그는 보나마나 내가 미쳤다고 생각하겠지. 나를 잡으러 따라올 거야. 그를 따돌리는 게 중요해. 그거면 돼!'

그런데 돌이켜 보니 화가 좀 나는 거예요. 내가 이 농장에 처음 온 게 스물다섯 살 때였으니까 지금까지 근 15년을 살았죠. 하지만 일 년에 고작 한 번 사촌 에디와 보스턴으로 쇼핑하러 가는 일 말고는, 지금까지 나는 한 번도 농장을 떠나본 적이 없었던 거예요! 그렇게 나는 할머니가 그랬던 것처럼 집안에만 틀어박혀 사는 가엾은 영혼이었고, 부엌과 절임류 찬장과 린넨 옷장만 껴안고 사는 딱한 여자였던 겁니다. 그런데 그 푸르렀던 10월의 공기의 무엇인가가, 그리고 그 작달막한 붉은수염 남자의 무엇인가가, 나를 부풀어 오르게 했습니다.

"저기요, 파르나소스 씨!" 내가 말했습니다. "내가 좀 뚱뚱한 늙다리 바보 같긴 하죠? 그치만 해낼 자신도 생기네요. 말을 마차에 매고 계세요. 옷가지 좀 챙겨 올게요. 당신한테 지불할 수표도 쓰고요. 내가 떠나는 게 앤드류한테도 결국 좋은 일일거예요. 나한테도 독서 시간이 많이 생길 거고요. 아마 대학에 가는 것만큼 좋은 일이 되겠죠?"

그리고 나는 앞치마 끈을 풀고 냅다 집안으로 뛰어 들어갔습니다. 작은 남자는 밴의 한쪽 구석에 몸을 기대고 서 있었어요. 좀 얼떨떨한 표정으로요.

현관문을 열고 거실로 달려 들어갔어요. 거실 테이블 위에 앤드류가 읽던 잡지가 눈에 들어왔습니다. 표지에 붉은 글자로 "여성성의 반란"이라고 씌어 있었어요. 그걸 본 순간 왠지 웃음이 나왔어요. 나는 '그래, 바로 헬렌 맥길의 반란이 나가신다!'라고 속으로 외치며 앤드류의 책상 앞에 앉았습니다. 책상 위에는 그가 "가을의 마법" 어쩌구 하며 끄적거린 노트가 있었어요. 나는 그걸 한쪽으로 밀치고, 종이에 얼른 몇 자 적었어요.

앤드류에게

나 모험 좀 하고 올게. 내가 미쳤다고 생각하진 마. 그동안 내가 집에서 빵 구울 때 오빠만 온갖 모험 다 했잖아. 이젠 내 차례야. 밥은 맥널리 아줌마가 돌봐줄거야. 아줌마 딸들이 돌아가

면서 집안일도 도와줄 거고. 그러니까 걱정 안 해도 돼. 오래 걸리진 않을 거야. 달포 정도? 나도 오빠가 말한 시골의 행복이란 걸 느껴보고 싶어. 이게 잡지에서 말하는 여성성의 반란 아닐까? 내복은 수납방의 삼나무 장로에 있으니까, 추워지면 입어.
사랑해.

— 헬렌

나는 쪽지를 책상 위에 펼쳐 두었습니다.

맥널리 아주머니는 빨래통 위로 허리를 잔뜩 숙이고 있었어요. 활처럼 휘어진 그녀의 널따란 등이 보였고, 빨래를 힘주어 문지르는 소리가 북북북북 들렸습니다. 내가 부르는 소리에 아주머니가 허리를 펴고 일어섰어요.

"맥널리 아주머니," 내가 말했습니다. "저 잠시 여행 가요. 빨래는 급하게 하실 것 없이 오후까지 천천히 하셔도 되고요, 앤드류 저녁 좀 챙겨주세요. 지금 10시 반인데, 그는 아마 12시 반쯤 돼야 올 것 같아요. 그에게는 제가 로커스트 농장의 콜린스 아주머니한테 갔다고 전해 주실래요?"

스웨덴 출신의 맥널리 아주머니는 실팍하지만 좀 얼뜬 데가 있는 사람이었어요.

"알았어요, 아가씨." 그녀가 말했습니다. "저녁때까지는 돌아오는 거죠?"

"아뇨. 한 달 안에는 못 돌아와요." 내가 말했어요. "여행을 가는 거예요. 제가 없는 동안 로지가 매일 여기 와서 집안일을 좀 해주면 좋겠는데, 구체적으로 어떻게 할지는 맥길 씨와 상의해보실래요? 저는 지금 바로 떠나야 해서요."

눈동자가 코펜하겐 도자기처럼 파란 맥널리 아주머니는 페가소스를 마차에 고정하는 미플린 씨와 파르나소스를 창문 너머로 불안스레 바라보았습니다. 아주머니는 밴의 옆면에 씌어진 문구를 이해해보려 애쓰다가 이내 포기하는 기색이었죠.

"저 마차로 가시나요?" 그녀가 얼뜬 표정으로 말했습니다.

"네, 맞아요." 나는 이렇게 대답하고 이층으로 뛰어 올라갔어요.

나는 예금통장을 늘 책상서랍 맨 윗칸의 휠러 사탕상자 안에 넣어 두었습니다. 나는 돈을 그다지 많이 모으지는 못했어요. 아버지가 물려주신 돈에서 약간의 수입이 생겼지만, 그건 앤드류가 관리하고 있었죠. 농장의 지출은 모두 앤드류가 부담했고, 집안 살림에서 생기는 자잘한 수입은 내 몫이었어요. 양계장 운영에서 약간의 수입이 있었고, 보스턴으로 보내는 절임류와 가끔씩 여성잡지에 기고하는 레시피 원고 등에서도 얼마간의 수입이 나왔습니다. 그래봐야 보통 한 달 수입이 10달러를 넘진 못했지만, 최근 5년간 모은 돈이 총 600달러쯤은 되었죠. 나는 그 돈으로 포드를 한 대 장만할 생각이었어요. 그런데 지금은 생각이 바뀌었어요. 파르나소스가 포드보다 훨씬 재미있을 것 같았죠. 400달러는 물론 내겐 큰돈이었어요. 그러나 나는 파르나소스가 앤드류의 수중에 들어가는 걸 생각하지 않을 수 없었습니다. 그가 저걸 사면 감사절까지는 집을 비울 게 뻔했거든요. 반면 내가 인수하면 내가 저걸 타고 멀리 모험을 떠날 수 있을 것 같았어요. 만약 마음에 안 들면 앤드류 눈에 띄지 않는 먼 곳에서 팔아치울 수도 있다고 생각했어요. 나는 마음을 굳혔습니다. 그리고 '레드필드의 현자'에게 제대로 갚아주겠다고 속다짐했어요.

통장을 보니 레드필드 은행의 나의 잔고는 615.20달러였습니다. 나는 장부를 적는 침실 테이블 앞에 앉아 로저 미플린 씨 앞으로 400달러짜리 수표를 끊었어요. 나는 다른 사람이 이 숫자 뒤에 동그라미를 추가하여 400,000이라고 하는 일이 없도록 숫자 뒤에 돼지꼬리 표시를 여러 번 그렸어요. 그런 뒤에 등나무로 엮어 만든 여행용 옷가방을 꺼내 거기에 옷가지들을 쌌습니다. 이렇게 하는 데 채 10분도 걸리지 않았죠. 아래층으로 내려와 보니 맥널리 아주머니가 부엌 창문으로 파르나소스를 의심스런 눈초리로 바라보고 있었어요.

"그러니까, 저 '버스'로 가는 거군요, 아가씨?" 그녀가 물었습니다.

"맞아요, 아주머니." 내가 들뜬 목소리로 대답했어요. 아주머니의 말이 내게 귀띔을 주었어요. "저게 우리가 말로만 듣던 새로 나온 소형 버스예요. 저걸 타고 역까지 갈 거예요. 내 걱정은 하지 마세요. 나는 휴가를 가는 거니까요. 맥길 씨 저녁 부탁드려요. 저녁식사 마치면 제가 거실에 쪽지 남겼다고 얘기해 주시고요."

"그런데 아무리 봐도 '버스'가 참 요상하게 생겼네."

맥널리 아주머니가 고개를 갸우뚱하며 말했습니다. 아주머니는 내가 웬 남자와 눈이 맞아 사랑의 도피라도 벌이는 건 아닌지 의심하는 듯 보였어요.

나는 옷가방을 파르나소스에 실었습니다. 페가소스는 끌채 사이에 얌전히 서 있었어요. 밴 안에서 퉁탕거리는 소리가 들리더니, 잠시 후 작은 남자가 잔뜩 배가 부른 큼직한 여행가방을 손에 들고 나타났어요. 머리에는 트위드 모자를 뒤쪽으로 비스듬히 얹고요.

"자!" 그는 좀 격앙된 목소리로 말했습니다. "저의 옷가지랑 개인 짐은 다 쌌습니다. 나머지는 모두 인계해드리는 겁니다. 저는 이 가방만 들고 기차에 오르면 이제 끝이에요. 브루클린이여 기다려라, 드디어 내가 간다! 제가 예전에 브루클린에서 살았던 적이 있거든요. 이번에 가면 10년 만이에요." 그가 들뜬 목소리로 덧붙였습니다.

"자, 받으세요." 내가 수표를 건네며 말했습니다. 그는 얼굴이 살짝 붉어졌고, 약간 겸연쩍은 표정으로 나를 쳐다봤습니다.

"저기요." 그가 말했습니다. "이거 나쁜 거래 아닌 거 맞죠? 숙녀를 이용했다는 소린 듣고 싶진 않거든요. 당신의 오빠가 혹시—"

"아니에요. 걱정 마세요." 그의 말을 무지르며 내가 말했습니다. "어쨌든 저는 포드를 사려고 했었고요, 당신의 이 파르나소스가 디트로이트에서 생산된 어떤 자동차보다도 더 싼 거 같아서 사는 거예요. 그리고 더 중요한 건, 이게 앤드류 주변에 있는 걸 원치 않는다는 점이에요. 수표에 대한 영수증 주세요. 그리고 그가 오기 전에 얼른 출발하죠."

그는 말없이 수표를 받고 불뚝한 여행가방을 운전석에 올려놓은 뒤 밴으로 들어가더니 잠시 후 다시 나타났습니다. 그리고 그의 시가 적힌 명함 뒷면에 이렇게 썼어요.

영수증

최상 조건의 파르나소스 이동서점에 대한 대금으로

맥길 양으로부터 일금 400 달러를 영수함.

19 - - 년 10월 3일

로저 미플린 서명

그때 내가 말했습니다.

"어머, 참! 당신의 파르나소스, 아니 이제 나의 파르나소스에, 필요한게 다 있나요? 먹을 거나 그런 것 말이에요."

"아, 말씀 드리려던 참이었는데요, 난로 위 찬장에 보시면 식량이 아직 꽤 있을 겁니다. 나 같은 경우는 대부분 이동하면서 농장 집에서 식사를 해결하니까요. 보통 내가 가면 사람들한테 책을 읽어주고요, 그러면 그분들이 식사를 대접해 주죠. 시골분들이 책에 대해 얼마나 무지한지 알면 놀라실 거예요. 좋은 책을 읽어주면 또 얼마나 좋아하는 지도요. 펜실베이니아 주 랭카스터 카운티에서는—"

"그럼 말 먹이는요?" 내가 또 말을 무지르며 물었습니다. 그가 또 뭔가 뒷얘기를 덧붙이려고 하는 것 같았거든요. 어느새 11시가 다 되어가고 있었어요. 서둘러 출발해야 했습니다.

"귀리를 좀 가져가시는 게 좋을 겁니다. 내가 준비했던 건 거의 바닥났거든요."

나는 마구간에서 귀리를 한 자루 담아 왔어요. 미플린 씨가 자루를 밴 아래에 걸 수 있도록 도와주었어요. 그리고 나는 부엌으로 가서 큰 양동이에 비상식량 몇 가지를 담아 왔어요. 계란 한 판, 얇게 썬 베이컨, 버터, 치즈, 연유, 차, 비스킷, 잼, 그리고 두 덩이의 빵이었죠. 미플린 씨가 이걸 받아 밴에 실었어요. 맥널리 아주머니는 이 광경을 여전히 의아한 표정으로 지켜봤어요.

"소풍치고는 좀 야릇하군요." 그녀가 말했습니다. "어느 쪽으로 가세요? 맥길 씨도 뒤따라가나요?"

"아니에요, 그는 가지 않아요." 내가 말했어요. "나는 휴가를 떠나는 거예요. 그의 저녁 좀 부탁해요. 그러면 그는 별로 걱정하지 않을 거예요. 그에게는 내가 콜린스 아주머니한테 갔다고 해 주세요."

디딤판을 딛고 나의 파르나소스에 오르자, 이제 내가 이 공간의 주인이라는 생각에 묘한 떨림이 느껴졌습니다. 담요 위에 엎드려 있던 테리어 강아지가 꼬리를 흔들며 바닥으로 폴짝 뛰어내렸어요. 나는 침상 위에 나의 패드와 담요를 포개어 쌓았습니다. 그리고 침상 위쪽의 서랍장에서 서랍을 꺼내 탈탈 털고는 내 물건들 몇 가지를 새로 넣었습니다. 이로써 떠날 준비가 끝났습니다.

붉은수염은 어느새 말고삐를 손에 쥔 채 운전석에 앉아 있었어요. 나는 그의 옆자리에 올라탔습니다. 운전석은 쿠션은 없었지만 생각보다 넓었어요. 밴의 지붕끝이 운전석 위까지 드리워져 있었고요. 나는 정든 집을 휘 둘러보았습니다. 느릅나무와 단풍나무가 보였고, 햇빛을 받아 붉게 빛나는 헛간 지붕과 포도나무 아래의 펌프도 눈에 들어왔습니다. 맥널리 아주머니는 아직도 이게 뭔 일인가 싶어 말을 제대로 꺼내지 못하는 것 같았어요. 나는 아주머니에게 작별인사로 손을 흔들어 주었어요. 페가소스가 마차 자국이 있는 길 쪽을 향해 묵직한 발걸음을 떼자 파르나소스의 바퀴가 둥근 호를 그리며 구르기 시작했습니다. 우리는 레드필드 길로 접어들었어요.

미플린 씨가 말고삐를 내게 넘기며 말했습니다.

"자, 받으세요. 당신이 모세요. 당신이 선장이니까요. 어느 길로 갈까요?"

드디어 모험이 시작됐어요! 나는 호흡이 가빠지기 시작했습니다.

제4장

우리 농장이 눈에서 안 보이게 될 때쯤, 갈림길이 나왔습니다. 왼쪽은 지붕 있는 다리로 강을 건널 수 있는 월튼 쪽으로 가는 길이고, 오른쪽은 그린브리어와 포트비거 쪽으로 구불구불 이어지는 길이었어요. 콜린스 아주머니 집은 월튼 방면으로 1.5킬로미터 정도 거리에 있었죠. 내가 그 집에 자주 갔었기 때문에, 앤드류는 나를 찾으러 그쪽으로 갈 가능성이 높았어요. 그래서 나는 숲을 지난 뒤 우회전해서 그린브리어 쪽으로 방향을 잡았습니다. 월귤나무 언덕을 지나니 긴 오르막이 시작되었어요. 나뭇잎들의 상쾌한 가을 냄새가 코끝에 풍겨왔습니다.

내 얼굴에 살짝 미소가 지어졌습니다.

미플린 씨도 기분이 아주 좋아 보였어요.

"다 잘 되었습니다. 하느님, 감사합니다!" 그가 말했습니다. "그런데, 맥길 씨가 우리를 쫓아올까요?"

"잘 모르겠네요." 나는 말했어요. "당장은 아닐지 몰라도 어떻게든 찾으러 오겠죠. 앤드류는 내가 지어놓은 생활의 틀에 익숙하기 때문에, 내 쪽지를 발견하기 전까지는 별다른 의심을 하진 않을 거예요. 맥널리 아줌마가 뭐라고 하느냐에 다르겠죠."

그때 그가 말했습니다.

"잠깐만요! 그를 따돌릴 수 있을 것 같아요. 손수건 줘 보세요."

그는 내 손수건을 쥐고 날렵하게 마차에서 뛰어내리더니 언덕을 달려 내려갔습니다. (그는 머리는 벗겨졌지만, 나이에 비해 몸은 날래 보이더군요.) 그는 갈라지는 지점에서 월튼 쪽으로 30미터쯤 더 가서 손수건을 떨어뜨렸어요. 그리고는 뒤돌아서 다시 비탈길을 열심히 뛰어 올라왔죠.

그는 아이처럼 웃으며 말했습니다.

"하하! 저게 그 사람을 좀 혼란에 빠뜨릴 거예요. 레드필드의 현자는 분명 잘못된 흔적을 따라갈 테고, 우리는 그만큼 더 달아날 기회를 얻게 되겠죠. 물론 이놈은 평범치 않은 마차라, 완전히 벗어나기는 쉽지 않겠지만요."

"그런데 이 파르나소스를 어떻게 만드셨어요?" 내가 물었어요. "정말로 그렇게 많은 돈을 들여서 만들었나요?"

우리는 페가소스에게 숨 돌릴 시간을 주기 위해 언덕 꼭대기에서 잠시 멈추었습니다. 테리어 강아지는 길바닥에 엎드려 진지한 표정으로 우리를 쳐다봤어요. 미플린 씨는 파이프를 꺼내더니 담배를 피워도 되냐고 물었어요. 나는 그러라고 했죠.

"내가 처음 이 일을 시작하게 된 건 좀 우스워요." 그가 말했습니다. "나는 메릴랜드에서 학교 선생을 하고 있었어요. 시골 학교인 데다 박봉이었지만, 꽤 여러 해 동안 지긋하게 근무했죠. 내게는 거동을 못하시는 모친이 계셨고, 험한 때를 대비해 꾸준히 저축도 해야 했어요. 그때 어떻게 그렇게 매일 초라하지 않은 옷을 입고 매일 구두를 닦아 신을 수 있었는지, 내가 생각해도 신기했어요. 그러다 몸이 안 좋아졌어요. 의사 말이, 신선한 공기를 쐬어야 한다고 하더군요. 어떻게 해야 하나 고민하다가 이 이동서점 아이디어를 떠올렸어요. 나는 오랫동안 책을 가까이 했고, 농부들 집에서 식사라도 하게 되는 날엔 늘 답례로 그 집 사람들한테 책을 읽어주곤 했거든요. 그러다 어머니가 돌아가셨고, 나는 그 아이디어를 실행에 옮겨 이 마차를 만들었어요. 책은 볼티모어 도매상에서 샀고, 그렇게 시작했죠. 생각해보면 파르나소스가 내 인생을 구해준 거나 다름없어요."

그는 낡은 모자를 뒤로 쓱 밀고 파이프에 다시 불을 붙였습니다. 페가소스를 고정한 뒤, 우리는 목초지를 내려다보며 고지대를 좀 천천히 거닐었어요. 저쪽 덤불 너머에서 땡그렁거리는 소방울소리가 은은히 들려왔어요. 언덕의 비탈을 지나 레드필드 방면으로 뻗은 길이 보였어요. 그 길 어딘가에 앤드류가 로스트포크와 사과소스가 기다리는 집으로 돌아가고 있을 거였어요. 그리고 나는 이곳에 있었죠. 내 인생 최초의 광기를 그것도 아무 거리낌 없이 시작해보려는 출발점에 말이에요.

"맥길 양," 작은 남자가 말했습니다. "지난 7년 동안 이 이동식 건물은 나에게 아내이기도 했고 의사이기도 했고 종교이기도 했어요. 한 달 전만 해도 나는 이놈과 떨어진다는 건 생각조차 못했죠. 그러다 불현듯 나에게도 변화가 필요하다는 생각이 들었어요. 나는 오랫동안 책 쓰는 걸 갈망해왔는데, 그러자면 팔꿈치 밑에는 책상이 필요하고 머리 위에는 지붕이 필요했죠. 그리고 우습게 보일지 모르지만 나는 브루클린으로 다시 돌아가고 싶어요. 동생과 함께 거기서 어린 시절을 보냈거든요. 석양녘에 걷던 낡은 다리, 빨갛게 물든 맨해튼의 건물들, 그리고 해군기지에 정박해 있던 낡은 회색 순양함들이 지금도 손에 잡힐 듯 눈에 선해요. 당신은 내가 이걸 팔려고 얼마나 안절부절 했는지 잘 모르실 거예요. 나는 당신 오빠의 책을 숱하게 팔았고, 내가 이 파르나소스를 처분하게 된다면 이걸 살 만한 적임자는 바로 그분이라고 생각했죠."

"그가 그 제안을 들었다면 아마 샀을 거에요." 나는 말했어요. "그러고도 남을 사람이죠, 그리고는 농장일은 나 몰라라 하고 지겹도록 이 이륜마차에 대해 떠들어댔을 게 틀림없어요. 그나저나, 책 파는 일에 대해 말해 보세요. 책을 팔면 대체 얼마나 남죠? 우리가 좀 있으면 메이슨 부인네 농장을 지나칠 텐데, 마수걸이로 그 집에서 뭔가 팔아보는 건 어떨까 싶은데요."

"책 파는 일은 간단해요." 그가 말했어요. "나는 큰 도시를 지날 때마다 도서 재고를 보충하죠. 잡동사니를 살 수 있을 만한 곳이면 어디든 중고서점이 하나쯤 있게 마련이거든요. 그리고 때로는 뉴욕에 있는 도매상에 직접 주문을 넣기도 합니다. 그렇게 책을 사면 책 뒷면에 내가 구매한 가격을 표시해요. 그걸 보면 책을 얼마에 되팔수 있는지 알 수 있죠. 이걸 보여 드릴까요?"

그가 운전석 뒤에서 책을 한 권 꺼냈습니다 『로나 둔』이라는 책이었어요. 그는 책 뒷면에 연필로 'a m'이라고 쓴 것을 보여 주었습니다.

"이게 무슨 의미냐면, 내가 이 책을 10센트에 샀다는 뜻이에요. 그러니 당신이 이걸 25센트 정도에 판다면 15퍼센트의 이문이 생기는 거겠죠? 이 파르나소스를 유지하는 데 한 달에 많아야 4달러 정도 들어요. 그러니까 당신이 주중의 6일 동안 계속 그 정도 수익을 낼 수 있다면, 일요일엔 손을 놓아도 된다는 뜻이 되는 거예요."

"그런데 그 'a m'이 어떻게 10센트인 줄 알아요?" 내가 물었습니다.

"그건 단어 'manuscript'(원고)의 코드예요. 단어의 각 알파벳이 0에서 9까지의 숫자를 나타내죠." 그가 종잇장에 써서 보여주었습니다.

m a n u s c r i p t
0 1 2 3 4 5 6 7 8 9

"그러니까 'a m'은 10을 나타내고, 'a n'은 12, 'n s'는 24, 'a c'는 15를 나타내요. 센트를 넘어 달러까지 올라가는 책은 세 자리죠. 즉 'a m m'은 1,00달러, 이렇게 말입니다. 그런데 대체로 나는 40센트 넘는 책은 잘 구비하지 않아요. 그 정도가 넘어가면 시골 사람들은 부담을 많이 느끼거든요. 그들은 씨앗분리기나 마차를 사는 데는 돈을 많이 쓰지만, 문학을 놓고 고민하는 데 대해서는 한 번도 배움의 자리를 가져본 적이 없는 사람들이에요! 물론 그럼에도 불구하고 그들이 자기 취향에 맞는 책에 대해 보이는 열정은 깜짝 놀랄 정도죠. 포트비거 너머에 사는 한 농부는 지금도 내가 오는 날을 기다리고 있어요. 나는 그 농장에 네 번인가 갔는데, 자기가 원하는 책을 잘 추천해주면 그는 5달러어치도 충분히 살 사람이에요. 내가 그 집에 처음 갔던 날『보물섬』을 팔았는데, 그는 지금도 나를 만나면 그 얘기를 합니다. 나는 그 사람한테『로빈슨 크루소』도 팔았고, 그 집 딸이 읽을 책으로『작은 아씨들』도 팔았어요. 그밖에도『허클베리 핀』과 그럽이 쓴『감자』도 팔았고요. 지난번 갔을 때는 그가 셰익스피어를 원했는데, 주지 않았어요. 아직은 그가 그걸 읽을 때가 아니거든요."

나는 이 키 작은 남자의 활동이 어떤 이상(理想)을 향하고 있다는 걸 느꼈습니다. 그는 일종의 순회 전도사 같았죠. 게다가 다변가였어요. 이제 그의 눈은 빛나고 있었고, 나는 그가 뭔가에 들뜨고 있다는 걸 느낄 수 있었어요.

"그런데, 들어보세요!" 그가 말했습니다. "책을 판다는 건 단지 50그램의 종이와 잉크와 풀을 파는 게 아니에요. 새로운 인생을 파는 거란 말이에요. 책에는 사랑과 우정과 유머가 들어있고, 밤바다를 항해하는 배가 들어 있고, 온 하늘과 땅이 들어있어요. 진짜 책에는 말이죠! 만약 내가 빵장수라거나 정육업자라거나 빗자루 행상꾼이라면, 사람들은 내가 도착하자마자 우르르 달려들겠죠. 내가 파는 그 물건을 기다렸을 테니까요. 하지만 내가 가지고 가는 건 그런 게 아니죠. 나는 영원한 구원을 들고 가는 겁니다. 그래요, 맥길 양. 그들의 작고 왜소한 마음에 대한 구원이라고요. 그건 사람들 눈에 보여줄 수 있는 건 아니죠. 그러나 그래서 더 가치가 있는 겁니다. 나는 나사렛, 메인에서부터 월러월러, 워싱턴에 이르기까지의 그 어느 누구도 생각하지 않았던 일을 하고 있어요. 이건 새로운 일이면서, 휘트먼의 이름으로 말하건대 참으로 가치 있는 일입니다. 지금 이 시골에 필요한 건 바로 더 많은 책을 공급하는 것이고, 그게 바로 내가 하는 일입니다!"

이렇게 말하고 나서 그는 자신의 열변에 스스로 웃었습니다. 그리고 말했어요.

"좀 우스운 얘기죠? 출판업자나 인쇄업자들조차도 내가 하는 이 일을 제대로 보지 못해요. 어떤 사람은 내가 책에 찍힌 가격이 아니라 책의 가치에 해당하는 가격으로 판매한다는 이유로 나하고 신용거래를 안 하려고 하죠. 그러면서 나한테 가격의 유지가 중요하다는 내용으로 편지를 보내 와요. 그러면 나는 가치의 유지가 중요하다는 내용으로 답장을 날리죠. 당신들은 좋은 책을 만드시오, 나는 좋은 가격에 팔겠소! 이렇게 말이에요. 가끔 출판업자들은 출판업계 바깥의 사람보다도 책에 대해 더 무지하다는 생각마저 들어요. 하긴 뭐, 그런 경우가 적진 않더군요. 학교 선생들 중에도 아이들에 대해 무지한 사람들이 많으니까요."

그가 계속 말했어요.

"이 일에서 만날 수 있는 끝내주게 멋진 시간이란 이런 겁니다. 어느 여름날, 페그와 보크(이게 그 강아지 이름이었어요)와 내가 느긋하게 길을 갑니다. 어쩌다 보니 어느 하숙집 옆을 지나고 있어요. 하숙집 사람들은 모두 점심을 마치고 베란다에 나와들 있어요. 그런데 그 사람들이 다 아주아주 심심해요. 당장 세상을 하직해도 아쉬울 게 없을 만큼 심심한 거예요. 아무 읽을 것도 없고, 아무 할 일도 없으니까요. 그저 앉아서 햇빛속에 앵앵거리는 파리를 쳐다보거나 닭이 부리로 땅을 헤집는 걸 멍하니 바라볼 따름이죠. 자 우리가 이 사람들한테 할 수 있는 제일의 사업이 뭡니까. 바로 인생을 사랑하게 해주는 책을 파는 일이에요. 그러면 그들은 이 파르나소스를 쉽게 잊지 못하죠. 어떤 책이 좋을까요. 가령 오 헨리의 작품이 제격입니다. 아무리 맹탕인 사람이라도 이 작가의 이야기에 마음 움직이지 않는 사람은 없어요. 오 헨리는 분명 인생을 이해한 사람이었고, 그 인생에 풍자를 더하여 글로 쓸 줄 아는 사람이었어요. 나는 사람들한테 밤 깊도록 오 헨리와 윌키 콜린스를 읽어줬어요. 그러면 사람들은 그 작가들의 책을 다 삽니다. 그리곤 다음에 더 갖다 달라고 하죠."

"겨울에는요? 겨울엔 뭘 하세요?" 내가 물었습니다. 나라는 사람이 그냥 지나칠 수 없는 실제적인 질문이었죠.

"그건 어디에 가 있느냐에 따라 달라집니다." 미플린 씨가 대답했어요. "나 같은 경우, 두 번의 겨울은 따뜻한 남쪽에서 보냈기 때문에 계속 파르나소스를 운행할 수 있었어요. 그 나머지는 한 곳에서 쭉 머물렀죠. 페그를 받아줄 곳을 찾기는 어렵지 않았고, 필요하면 임시직을 얻어 일했어요. 작년 겨울에는 보스턴의 한 서점에서 일했고, 그 전 겨울에는 펜실베이니아의 시골 약국에서 일했죠. 또 그 전 겨울에는 꼬마들 몇 명을 모아놓고 영문학을 가르쳤고, 다시 그 전 겨울에는 증기선 승무원을 했어요. 증기선 알죠? 그러고 보니 온갖 잡다한 경험을 다했네요. 순전히 내 생각입니다만, 책을 많이 본 사람은 어떻게든 입에 풀칠은 하게 되는 모양입디다. 하지만 올 겨울은 부지런히 책 쓰면서 동생과 브루클린에서 지낼 계획입니다. 말도 마세요, 책 쓰는 일에 대해 얼마나 고심했는지 모릅니다. 나는 여름날의 기나긴 오후 동안 여기 이렇게 앉아 생각하고 또 생각했어요. 하도 생각해서 이 앞이마가 터질 것처럼 느껴질 정도였죠. 내 생각이란 이런 거예요. 평범한 사람들, 다시 말해 시골 사람들은 책을 손에 들 기회조차 없었다, 책이란 게 무엇을 의미할 수 있는지 설명 해주는 사람조차 없었다, 대학 총장들이 5피트서가의 고전총서를 선정해 발표하는 것도 좋고 출판사들이 리놀륨 클래식 시리즈를 홍보하는 것도 다 좋지만, 사람들한테 정말 필요한 건 그들에게 실제적인 웃음과 자극을 줄 수 있는 유익하고 편안하며 간소한 것들, 그들에게 실질적으로 피가 되고 살이 될 수 있는 것들, 그리하여 그들로 하여금 난로 손질을 열심히 하고 땔감을 정성껏 구비하며 설거지를 정갈하게 할 수 있도록 북돋워주는 것들이다. 시골 사람들로 하여금 진정 가치 있는 걸 읽도록 하는 사람이야말로 진실로 이 나라를 위해 봉사하는 사람이다. 그리고 그것이야말로 바로 이 문화의 캐러밴이 열망해 마지않는 일이다, 이런 거죠…… 아, 이런! 내가 너무 장광설을 늘어놓고 있네요? 미안합니다. 레드필드의 현자께서도 이런가요?"

"아뇨, 그렇지 않아요." 내가 말했습니다. "그는 오랫동안 나를 빵 굽는 기계나 케이크 만드는 기계쯤으로 여겨 왔죠. 문학적인 주제에 관해서는 나의 의견 같은 건 들으려 하지 않아요. 반면 자기 견해는 거의 무조건적으로 나한테 들이밀죠. 아, 저기가 메이슨 씨네 농장이에요. 저 집에서 책을 팔아보는 게 어떨까요? 초보자 견습 차원에서요."

우리는 메이슨 씨네 농장 입구로 들어섰습니다. 앞장 선 보크가 마스티프 경비견을 향해 뻣뻣한 걸음으로 꼬리를 부드럽게 흔들며 걸어갔어요. 현관 앞에 앉아 감자껍질을 벗기던 메이슨 부인이 냄비를 내려놓으며 일어섰어요. 그녀는 몸집이 크고 풍

만했으며, 소처럼 기쁨에 넘치는 갈색 눈을 가지고 있었습니다.

"어머, 어서 와요, 맥길 양!" 그녀가 쾌활한 목소리로 인사를 건넸습니다. "잘 지냈죠? 저 분이 태워줬어요?"

그녀는 파르나소스에 적힌 문구를 보지 못해 그것을 보통의 행상 마차로 생각한 모양이었어요.

"네, 메이슨 부인, 잘 지내셨어요?" 내가 말했습니다. "제가 책 사업을 시작했거든요. 이 분은 미플린 씨라고 하는데, 이 분이 하던 일을 제가 넘겨받았어요. 부인께 책을 보여드리고 싶어서 왔어요."

"어머, 헬렌 양! 말도 말아요." 그녀는 웃으며 말했어요. "우리가 작년에 어떤 상인한테 『세계 장례식 연설집』 전집을 샀잖아요. 스물네 권짜리요. 근데 우리 그이와 나는 여태 그 첫 권도 못 읽었어요. 읽는 게 여간 어렵지 않아요!"

그때 미플린이 훌쩍 뛰어내리더니 밴의 옆 날개를 가벼이 들어 올렸습니다. 그러자 메이슨 부인이 호기심 가득한 얼굴로 다가왔죠. 나는 작달막한 남자가 고객을 맞이하여 돌연 활기를 띠는 모습을 보고 내심 놀랐어요. 그는 책 파는 일을 즐기는 사람임이 분명했어요.

"부인," 그가 말했습니다. "『장례식 연설집』(아마 상복(喪服) 천으로 장정한 책일 거예요)은 그것대로 분명 쓰임새가 있을 겁니다.

오늘 맥길 양과 제가 보여드릴 책은 부인께서 정말 주목하지 않을 수 없는 진짜 책들입니다. 곧 겨울이 와요. 그럼 뭐가 필요하시겠어요? 바로 기나긴 저녁시간의 무료함을 달랠 수 있는 뭔가가 필요하겠죠. 보아하니 자라나는 아이들이 있으신가 본데요, 아이들이 책 한두 권쯤은 읽어야 하죠. 보세요, 저 현관 앞에 서 있는 여자아이한테는 동화책이 있어야 하고요, 저 창고다락에서 빼꼼히 목을 내밀고 있는 사내아이한테는 발명가 이야기가 제격입니다. 또 남편 분을 위해서는 도로 건설에 관한 책이 쓸 만할 겁니다. 물론 아주머니를 위한 책들도 많죠. 맥길 양이 아주머니의 취향을 알면 소개해 주세요."

작달막한 붉은수염 남자는 과연 타고난 세일즈맨이었습니다. 메이슨 씨가 우리 시의 도로 전문위원인 걸 어떻게 짐작했는지는 하느님만이 아실 일입니다. 아니면 대충 짐작한 것인지도 모르고요. 어쨌든 이쯤 되자 메이슨 씨네 가족이 모두 밴 주위로 모여들었죠. 메이슨 씨도 그의 12살짜리 아들 빌리와 함께 헛간에서 나오고 있었습니다.

"여보!" 메이슨 부인이 외쳤어요. "맥길 양이 책 파는 일을 시작했대요. 전도사 같은 분이랑 같이 왔어요."

메이슨 씨도 역시 몸집이 크고 움직임이 묵직한 사람이었습니다.

"안녕하세요, 맥길 양!" 그가 말했습니다. "앤드류 씨는 같이 안 오셨나요?"

"앤드류는 로스트포크와 사과소스가 기다리고 있는 집으로 가고 있는 중이에요." 내가 말했습니다. "그리고 저는 생업으로 책 파는 일을 시작했어요. 여기 미플린 씨가 그 방법을 가르쳐 주고 있죠. 메이슨 씨한테 필요한 도로 개량에 관한 책도 있습니다.

그런데 그때 메이슨 씨 부부가 서로 어떤 눈빛을 나누는 게 보였어요. 내가 온전한 상황이 아니라고 생각하는 게 분명했어요. 나는 안면 있는 사람을 찾아온 게 실수구나 하는 생각이 들었어요. 상황이 의외의 방향으로 꼬이고 있었어요.

그때 미플린 씨가 나섰어요. 그는 이렇게 말했습니다.

"아, 걱정 마십시오. 제가 맥길 양을 납치하거나 한 건 결코 아니니까요. (이 말은 좀 우습게 들렸어요. 왜냐면 그의 몸은 나의 반 정도밖에 안 되었거든요.) 우리는 단지 맥길 양 오빠 대신 그분의 책을 팔아서 수입을 좀 올리려고 하는 중입니다. 사실을 말씀드리자면, 저희는 할로윈 전까지 그분의 책 『시골의 행복』을 40부 이상 팔 수 있는지 없는지 내기를 하는 중입니다. 그래서 드리는 말씀인데, 이 내기를 응원해주시는 의미에서 한 부 정도 구입해 주시면 어떨까요? 아시다시피 앤드류 맥길 씨는 이 나라 최고의 작가시니까, 납세자라면 그 분의 책 한 권쯤은 소장할 의무가 있다고 봅니다. 한 부 보여드려도 될까요?"

메이슨 씨 얼굴엔 이제 거의 미소가 지어지고 있었습니다.

"옳으신 말씀입니다." 그가 말했습니다. "당신은 어떻게 생각해, 엠마? 한 권 살까, 두 권 살까? 알다시피 『장례식 연설집』은—"

"글쎄요," 엠마 아주머니가 말했습니다. "사실 우리도 앤드류 맥길 씨가 쓴 책 한 권 정도는 꼭 읽어야 한다고 누차 얘기했었잖아요. 단지 어떻게 살 수 있는지를 몰랐을 뿐이죠. 우리한테 그 장례식 연설인가 뭔가를 판 사람은 그 분에 대해 몰랐던 것 같아요. 자, 두 분은 잠시 머물며 식사라도 하면서 우리가 살 책에 대해 함께 얘기를 나누는 게 어때요? 마침 막 감자를 삶으려던 참이었거든요."

나로서는 내 손으로 요리하지 않은 식사를 하기 위해 식탁에 앉는다는 게 참으로 가슴 설레는 일이었어요. 또 메이슨 부인이 식사를 어떤 식으로 준비하는지에 대해서도 몹시 궁금하기도 했고요. 하지만 여기서 너무 오래 지체하면 오빠한데 따라잡힐 염려가 있었어요. 그래서 나는 우리도 몹시 그러고 싶지만 유감스럽게도 그럴 수 없겠다고 말하려던 참이었습니다. 그런데 미플린은 새로운 고객을 만난 터에 자신의 철학을 자세히 풀어놓고자 하는 열망을 내려놓지 않았어요. 나보다 먼저 그가 이렇게 말했습니다.

"그 친절에 감사드립니다, 메이슨 부인. 저희도 꼭 그러고 싶습니다. 그럼 잠시 저희 페가소스를 헛간에 매어놓고 오겠습니다. 그러고 나서 저희 책에 대해 말씀드리죠."

놀랍게도 그의 말에 나도 맞장구를 치고 있었어요.

미플린은 확실히 식사 자리에서 더욱 빛을 발했습니다. 메이슨 부인의 핫비스킷은 베이킹소다 맛이 강해서인지 내 입맛에는 그리 만족스럽지 않았는데, 그것은 어쩌면 내가 이 키 작은 방랑자의 이야기를 듣는 데 더 열중했기 때문이었는지도 모릅니다. 메이슨 씨는 전화기가 고장인 것 같다고 투덜대며 식탁에 앉았습니다. (나는 그가 앤드류에게 전화라도 하면 어쩌나 내심 걱정하고 있었죠. 그는 내가 이 남자와 도망가는 중이라고 여기는 듯 보였거든요.) 하지만 그는 이내 이 작은 남자의 활기 넘치는 재담에 푹 빠지고 말았습니다. 미플린의 이야기는 거침이 없었죠. 그는 연로한 할머니한테는 퀼트를 소재로 말을 걸었어요. 자기 넥타이의 일부를 잘라 그녀에게 주면서 새로 조각천 기울 때 사용하라고 주기까지 했습니다. 그리고는 밴에 있는 온갖 퀼트 책에 대해 주저리주저리 이야기를 늘어놓았죠. 메이슨 부인과의 주제는 요리와 성경이었습니다. 그린브리어 주일학교의 주요 인사인 그녀는 『구약성서』에 나타난 최고의 탐정 이야기에 대한 그의 설명을 유쾌하게 비웃었습니다. 메이슨 씨와는 과학영농, 화학비료, 쇄석(碎石)도로, 그리고 윤작 등을 소재로 이야기를 나누었어요. 그리고 (그의 옆자리에 앉아 있던) 꼬마 빌리에게는 대니얼 분, 데이비 크로켓, 킷 카슨, 버펄로 빌 등에 얽힌 기이한 이야기들을 들려주었죠. 솔직히 나는 이 작은 남자에 대해 경탄을 금할 수 없었습니다. 그는 벽난로 위의 귀뚜라미처럼 자상했고, 시종일관 진지했습니다. 책 파는 일에서 그 남자만큼 성공을 이룬 사람은 도저히 없을 것 같았습니다. 내가 보기에 그는 옷핀이나 가터벨트도 팔 수 있는 사람이었고, 더구나 그것을 아주 낭만적인 것으로 보이게 만들 수 있는 사람이었습니다.

"메이슨 씨!" 그가 말했습니다. "자식들을 잘 두셨네요. 이 사랑스런 아이들 손에 정말 좋은 책들을 쥐어 주셔야 합니다. 도시 아이들은 갈 만한 도서관이 있지만, 시골 아이들은 기껏해야 철 지난 『호스테터 박사 연감』이나 요통을 겪는 여성들이 '페루나'의 효능에 대해 쓴 편지들밖에 없죠. 이 아이들이 좋은 책을 읽게 해주세요. 그것이 진정 아이들을 행복으로 인도하는 길입니다. 여자아이들이 허구헌 날 다락방에서 종이인형 가지고 노는 것보다 『작은 아씨들』 한 권을 읽는 게 진정한 소녀다움과 훌륭한 여성다움을 배우는 데 훨씬 좋습니다."

"맞아요, 교수님." 메이슨 부인이 맞장구쳤습니다. (누군가 말했어요. "음식 좀 드세요, 교수님. 다 식겠어요.") 그녀는 이 순회 도서판매원에게 완전히 매료되었고, 그래서 그를 그녀가 아는 범위 내에서 가장 높은 명예의 칭호로 불렀습니다.

"저도 어렸을 때 그 이야기를 읽었는데 지금도 그걸 기억하거든요. 우리 도로시한테는 장례식 연설보다는 그런 책을 읽히는 게 맞아요. 교수님 말씀이 백번 옳아요. 우리 집에도 더 많은 책이 필요해요. 고명한 작가의 책이 옆집에는 있는데 우리집엔 없다면 그건 수치예요. 안 그래요, 여보?"

이렇게 우리가 메이슨 부인의 스쿼시파이(맛은 훌륭했어요. 다만 패스트리 반죽이 좀더 얇았으면 했는데, 그러기에는 그녀의 손가락이 많이 굵어 보였어요)를 맛볼 때쯤 해서는, 온 가족이 책에 대해 한껏 열이 오른 상태였고, 그 분위기는 엘리엇 박사도 어울릴 수 있을 만큼 충분히 문학적이었어요. 메이슨 부인은 우리를 자신의 응접실로 안내했고, 우리는 거기 앉아서 미플린이 시 『복수』와 『모드 멀러』를 낭송하는 것을 들었어요.

"와우, 정말 감미로워요!" 엠마 아주머니가 말했습니다. "어쩜 그렇게 운율이 잘 맞는지. 마치 단어들이 딱 그 자리에 놓이기 위해 만들어진 것 같아요. 학교 다닐 때 『아스페러스 호의 난파』라는 멋진 작품을 배웠던 기억이 납니다."

그녀는 아스라한 추억에 젖는 표정을 지었습니다.

나는 미플린 씨가 계속 자신의 특기를 발휘하려 하는 것을 눈치챘습니다. 아이들에게 로빈 후드 이야기 보따리를 풀기 시작했던 것이죠. 나는 그에게 눈을 찡긋 했습니다. 이제 떠날 때가 되었거든요. 안 그러면 앤드류에게 따라잡힐 테니까요. 그렇게 미플린이 페가소스를 다시 끌채에 매는 동안, 나는 메이슨 씨네 가족에 필요한 것으로 보이는 예닐곱 권의 책을 꺼내 보여주었습니다. 메이슨 씨는 앤드류의 『시골의 행복』도 포함되어야 한다고 우겼습니다. 그러면서 내게 빳빳 5달러 지폐를 건넸습니다. 내가 거스름돈을 주려 하자, 그가 거절하며 말했습니다.

"아닙니다, 아니에요. 두 분 덕분에 이런 시골집에서 아주 호사스러운 즐거움을 누렸는걸요. 다시 또 들러주세요, 맥길 양. 앤드류한테도 우리가 당신의 이 순회극장 덕분에 얼마나 멋진 쇼를 경험했는지 꼭 전해줄게요. 그리고 교수님, 도로 보수철에 근처 오시면 꼭 다시 들르세요. 더 많은 충고와 조언 기다리고 있겠습니다. 그럼 잘 가세요. 저는 이만 들에 나가야 돼서요."

강아지 보크도 재빨리 밴 아래로 달려왔고, 우리의 파르나소스는 삐걱거리는 소리를 내며 길을 따라 농장을 빠져나왔습니다. 미플린은 파이프를 채우면서 혼자 껄껄 웃었어요. 나는 앤드류에게 따라잡히지 않을까 다시 신경이 쓰였습니다.

"그런데 궁금한 게요." 내가 말했어요. "왜 샘 메이슨 씨가 앤드류에게 전화를 하지 않았을까요? 나 같은 늙다리 농장일꾼이 책을 팔러 돌아다니는 게 아무래도 수상해 보였을 텐데 말이에요."

"그는 전화하려고 했을 거예요." 미플린이 말했습니다. "근데 왜 못했는지 아세요? 내가 아까 헛간 가는 길에 전화선을 끊었거든요! 하하."

제5장

나는 작달막하고 시들어가는 이 개구쟁이를 흠칫 놀라며 쳐다보았습니다. 자상한 이상주의자인 줄만 알았는데 그게 아니었습니다. 분명 그의 안에는 책에 대한 온화한 사랑과 더불어 두려움을 모르는 악동 기질 같은 게 함께 들어 있었어요. 나는 지금 그에 대해 진심으로 감탄한다는 말을 처음으로 하고 있습니다. 나는 나를 받쳐주던 든든한 것을 버리고 나섰어요. 그런터에, 그 역시도 위기 속에 굴하지 않고 다기지게 행동한다는 사실을 알게 되어 아주 기뻤습니다.

"좋아요," 내가 말했습니다. "당신 참 멋진 사람이에요. 당신이 학교 선생으로 남지 않은 건 참 잘한 일이군요. 여태 학교에 남아 있었다면 아이들한테 그런 훌륭한 악동짓만 가르쳤을 테니까요. 그 나이 되도록 말이에요!"

나의 농담이 좀 걸렸는지 그는 얼굴을 살짝 붉혔고 파이프를 좀 세게 빨아들였습니다.

"저기요," 그가 말했어요. "내 나이가 어때서 그렇게 말하나요? 바이런의 이름으로 말하건대, 내 나이 이제 마흔하납니다. 헨리 8세가 앤 불린과 결혼한 게 딱 내 나이였죠. 역사에는 마흔 넘은 사람들이 위안으로 삼을 만한 사례들은 차고도 넘칩니다. 그리고 당신도 마흔 넘을 때가 곧 온다는 걸 잊지 마시고요."

그리고 좀더 유머 섞인 말투로 덧붙였습니다. "셰익스피어가 『리어 왕』을 쓴 것도 내 나이였죠." 그러더니 웃음을 터뜨렸어요. "아! 지금 생각났는데, 저자가 마흔 넘어 쓴 책들만 묶어서 '클로로포름 클래식' 시리즈를 만들면 좋겠어요. 그 나이에 우리에게 마취제와도 같은 작품을 제시한 작가가 대체 누구였죠? 그들은 일종의 무면허의사와 비슷하지 않나요? 우리에게 소아병을 극복하게 해주고 우리가 항구적인 건강과 세계의 지혜를 갖게 되어 더 이상 치료비를 낼 필요가 없게 되자마자, 그는 왜 우리한테 흥미를 잃는 걸까요? 와! 좋은 생각이죠? 이런 건 적어뒀다가 내 책에 써야겠어요."

그는 수첩을 꺼내더니 나이에 안 맞게 아담한 손으로 '클로로포름 클래식'이라고 적었습니다.

"좋아요," 나는 말했어요. (나는 그의 기분을 상하게 한 게 좀 미안했어요.) "사실은 나도 마흔이 다 된 나이라, 젊음 같은 건 조금도 두렵지 않아요."

"여보세요, 맥길 양," 그가 약간 우습다는 표정으로 나를 쳐다보며 말했습니다. "당신의 나이는 이제 딱 열여덟이에요. 우리가 레드필드의 현자의 마수(魔手)로부터 탈출한 게 맞다면, 당신은 이제야말로 진짜 인생을 시작한 거니까요."

"아, 앤드류는 그런 나쁜 사람은 아니에요." 나는 말했어요. "무심하고 성마르고 좀 이기적일 뿐이죠. 출판업자들이 그를 망쳐놨어요. 하지만 문학하는 사람들이 볼 때는 꽤 괜찮은 인물일 거예요. 내가 가정교사 일에서 벗어나게 된 것도 그의 덕분이죠. 만약 그가 매번의 식사를 그토록 당연히 주어지는 것으로 여기지만 않았더라면—"

"그 사람의 기묘한 점은 정말로 쓸 줄 안다는 바로 그 점이에요." 미플린이 말했습니다. "그 점이 난 부럽습니다. 내가 이렇게 말한 게 그 사람 귀에 들어가면 곤란한데, 아무튼 사실을 말하건대 그의 산문은 소로우에 버금간다고 할 수 있을 정도예요. 그는 사물에 아주 신중하게 접근해요. 마치 고양이가 젖은 길을 건널 때처럼 말이죠."

"그를 식사 자리에서 보았어야 해요." 내가 말했습니다. 아니, 사실은 말하려던 건 아니고 생각만 그렇게 했던 것인데, 엉겁결에 그만 입 밖으로 튀어나오고 말았죠. 이 이상한 작은 남자와 함께 있으면 나도 모르게 생각을 말로 꺼내게 되는 것 같았습니다.

그가 나를 바라보았습니다. 이제 보니 그의 눈은 진한 회색이 도는 청색이었고, 눈가에는 재미있게 생긴 주름이 져 있었어요.

"그렇군요." 그가 말했습니다. "그 점에 대해서는 미처 생각지 못했습니다. 훌륭한 산문 문체는 분명 충분한 영양을 전제로 하죠. 소로우의 탁월한 점 중의 하나는…… 자신의 끼니를 스스로 해결했다는 점입니다. 요리 마스터 배지를 받은 보이스카우트처럼 말이죠. 아마도 그는 비치넛 베이컨을 가지고 숲으로 들어갔을 거예요. 스티븐슨의 끼니를 챙겨준 사람은 — 그의 유모커미였던가요? 『어린이를 위한 시의 정원』은 실제로 일종의 부엌정원이었죠, 안 그런가요? 매 끼니를 챙기는 일이 당신 어깨를 짓눌렀던 모양이군요. 당신이 그 일에서 벗어나 기쁩니다."

얘기는 이보다 더 복잡했습니다. 기억나는 대로 여기 적긴 했지만, 정확하지 않을 수 있어요. 아무튼 나는 나의 가정교사 시절은 어느덧 까마득히 먼 얘기이고, 나의 관심은 문학적 암시보다는 사람들 사이의 공통 감각*에 있다는 쪽으로 말했습니다.

"공통 감각이라고요?" 그가 내 말을 되받으며 말했습니다. "이보세요, 아가씨! 감각이야말로 이 세상에서 가장 비공통적인 겁니다. 나는 그런 감각 없습니다. 당신 오빠도 그런 감각 가지

---

* common sense는 보통 '상식'으로 번역하는데, 여기서는 이어지는 대화 내용을 고려하여 '공통 감각'으로 옮겼다.

고 있지 않을 걸요? 저 보크한테는 있을지 모르죠. 저 개가 걸어가는 모습, 주변을 보는 모습, 자기 일에만 신경 쓰는 모습을 보세요. 나는 저 개가 다른 개와 싸우는 걸 본적이 없습니다. 나도 저럴 수 있으면 좋겠어요. 나는 보크라는 저 개 이름을 보카치오의 이름을 따라 지었는데, 그 이유는 언젠가는 『데카메론』을 읽어야겠다는 생각을 잊지 않기 위해서죠."

"말하는 투로 보면," 내가 말했어요. "당신은 이미 상당히 저명한 작가인 것 같아요."

"말하는 사람은 글을 쓰지 않죠. 그냥 말만 할 뿐이죠."

꽤 긴 침묵이 이어졌어요. 미플린은 파이프에 다시 불을 붙이고 가늘게 뜬 눈으로 풍경을 바라보았어요. 나는 고삐를 느슨하게 쥐었습니다. 페그는 느긋하게 따각 따각 걸었고, 파르나소스도 리듬감 있게 끼이익 끼익 소리를 냈어요. 길에는 한낮의 햇빛이 가득 내려앉아 있었죠. 농장이 하나 나타났지만, 나는 멈추자고 하지 않았어요. 지체하면 안 된다고 생각했거든요. 미플린은 깊은 생각에 잠긴 듯했어요. 나는 이 모험이 앞으로 어떻게 전개될지 약간 불안했고, 이 드물게 능수능란한 작은 남자 때문에 좀 당혹스럽기도 했습니다. 이제 다음 산등성이를 넘으면 하얗게 빛나는 그린브리어 교회의 첨탑이 보일 터였어요.

"이 근방에 자주 와봤나요?" 침묵을 깨며 내가 물었어요.

"기억이 가물가물합니다. 포트비거에는 자주 갔는데, 그때는 아마 이 길이 아니라 해협을 끼고 가는 길이었던 것 같아요. 이 마을 너머가 그린브리어인가요?"

"맞아요. 거기서 포트비거까지는 20킬로미터쯤 되죠. 그나저나 브루클린으로는 어떻게 돌아갈 생각이에요?"

"아, 브루클린이요? 그러고 보니 브루클린을 잠시 잊고 있었네요. 내가 쓸 책에 대해 생각하고 있었거든요. 뭐, 포트비거에서 기차를 타면 되죠. 문제는 뉴욕을 통과하지 않고는 브루클린에 갈 수 없다는 거예요. 그 점에 어떤 상징적인 의미가 담겨있습니다."

다시 침묵이 찾아왔어요. 그리고 그가 말했습니다.

"그린브리어와 포트비거 사이에 다른 도시가 있나요?"

"네, 있어요. 셸비." 내가 말했어요. "그린브리어에서 8킬로미터쯤 되죠."

"거기 가면 밤중이겠군요." 그가 말했습니다. "셸비까지 제가 안전하게 지켜드리죠. 그리고 나서 저는 포트비거로 가겠습니다. 셸비에 당신이 묵을 괜찮은 숙소가 있으면 좋겠군요."

나도 그럴 수 있길 바랐습니다. 그러나 나는 해가 이울면서 나의 용기도 좀 수그러드는 것을 느꼈습니다. 나는 앤드류가 무엇을 생각하고 있는지, 맥널리 아주머니가 일은 제대로 마무리

했는지 속씨름을 하고 있었어요. 대부분의 스웨덴 사람들처럼 그녀 역시 감독이 필요했거든요. 안 그러면 일이 제대로 마무리되지 않은 경우가 많았지요. 그녀의 딸 로지에게도 집안일을 많이 맡길 수 없었어요. 앤드류가 식사는 어떻게 했는지도 궁금했습니다. 갈아입으라고 한 말을 잊고 여름 속옷 차림으로 나가진 않았는지도 걱정이었죠. 그리고 닭들도…….

하지만 이미 엎질러진 물이었죠. 내가 해야 할 일이 있는 것도 아니었고요.

놀랍게도 키 작은 붉은수염은 내 속마음을 들여다보는 듯했습니다.

"현자를 걱정하고 있죠?" 그가 자상한 목소리로 말했습니다. "걱정 마세요. 충성 받는 사람은 굶지 않습니다. 존 머레이의 이름으로 말하건대, 필요하면 출판사 사람들이 그에게 요리사를 보내줄 겁니다. 이건 당신의 휴가예요. 잊지 않으셨죠?"

나는 그의 격려로 기운을 되찾았고, 우리는 그린브리어를 향해 천천히 언덕을 내려갔습니다.

나는 내가 여느 사람들처럼 배짱이 좀 있는 편이라고 생각했는데, 그린브리어에서 이 서적 밴의 주인이자 문학 행상인의 동행인으로 여러 아는 사람들을 마주칠 생각을 하니 좀 꺼려지는 게 사실이었습니다. 또 앤드류가 나를 찾으러 온다면 나로서는 눈에 띄지 않는 게 좋을 거라는 생각도 들었죠. 그래서 이런 생각을 미플린 씨에게 말한 다음 나는 파르나소스 안으로 들어가 침상 위에 편안하게 드러누웠습니다. 테리어 강아지 보크와 함께요. 파르나소스가 비탈을 내려가는 동안 나는 몸과 마음을 느긋이 가질 수 있었어요. 작은 채광창으로 들어온 햇빛이 요리 난로 위에 걸린 양철 팬에서 금빛으로 빛나고 있었습니다. 작가들의 사진이 벽면 여기저기에 압정으로 고정돼 있었고, 핀으로 고정된 빛바랜 신문기사 조각도 하나 있었어요. 기사의 제목은 "문학 행상인의 시 특강"이었습니다. 기사를 보니 교수(나는 내 머릿속에 있는 별명으로 그를 부르기 시작했어요)가 뉴저지의 캠던*에서 특강을 했던 모양이었어요. 특강에서 그는 테니슨이 월트 휘트먼보다 더 위대한 시인이었다고 주장했고, 이것이 '캠던 시인'의 지지자들로부터 대단한 공분을 샀던 모양이었습니다. 캠던의 주요 휘트먼 신봉자는 트라우벨 씨였는데, 미플린은 테니슨에게도 휘트먼 못지않은 '테니슨의 트라우벨'이 있다고 주장함으로써 소동을 야기했다고 기사는 전하고 있었어요.

나는 교수가 참 알다가도 모를 사람이라고 생각했습니다. 파르나소스의 구르는 바퀴는 누워 있는 나를 편안하게 달래주었

---

* 월트 휘트먼이 만년에 이 도시에서 활동하여 '휘트먼의 고장'으로 알려져 있다.

어요.

그린브리어는 인가가 드문드문 떨어진 크지 않은 도시로, 주변에 넓은 공유 목초지가 조성돼 있었습니다. 아까 미플린은 이 마을에서의 기본 계획을 말해주었어요. 파르나소스를 주요 상점이나 호텔 앞에 세우고, 사람들이 어느 정도 모이면 밴의 날개를 올린 뒤 명함을 돌리고 나서, 좋은 책의 가치에 대해 열변을 펴보겠다는 계획이었죠. 나는 안에 누워 있었는데, 밖에서 들리는 소리로 보아 일이 그의 계획대로 진행되고 있음을 알 수 있었습니다. 우리는 정차했고, 사람들 웅성거리는 소리와 웃음소리가 점차 늘어났죠. 밴의 옆면을 들어올리는 딸각 하는 소리와, 미플린의 날카로우면서 약간 비음 섞인 목소리가 들려왔습니다. 그가 명함을 돌리면서 늘어놓는 재담이었죠. 보크는 이 일련의 과정에 익숙한 듯, 교수가 말을 시작하자 꼬리를 살랑살랑 흔들더니 내 발치에서 편안하게 졸기 시작했습니다.

"친구 여러분!" 미플린 씨가 말했습니다. "개에 관한 에이브 링컨의 농담을 기억하시나요? 에이브는 이렇게 물었죠. 꼬리를 다리라고 부른다면 개는 다리가 몇 개냐고요. 여러분은 다섯 개라고 말하시겠죠? 그러나 에이브는 아니라고 했습니다. 네 개라고 했습니다. 왜냐? 꼬리를 다리라고 부른다고 해서 그게 정말로 다리가 되는 건 아니기 때문입니다. 이 비슷한 일이 우리에게도 있습니다. 우리를 사람이라고 부른다고 해서 우리가 사람이 되는 게 아닙니다. 이 지구상의 그 어떤 피조물도 자신을 인간이라고 부를 권리가 없습니다. 단 한 권의 좋은 책이라도 알고 있지 못하다면 말입니다! 매일 저녁 술집에서 파이퍼 하이직을 홀짝이는 것으로 시간을 허비하는 사람은 자비로우신 창조주의 부르심을 받을 자격이 없습니다. 서가에 좋은 책 몇 권쯤 가진 사람이라야 아내를 행복하게 할 줄 아는 사람이고, 아이들을 귀히 대할 줄 아는 사람이며, 스스로 더 나은 시민이 될 줄 아는 사람이 되는 겁니다. 여러분은 어떻습니까? 그렇게 살고 계십니까?"

한 남자의 진중한 목소리로 들렸습니다. "지당한 말씀이오, 교수!" 감리교 케인 목사가 분명했지요. 그가 외쳤어요. "당신 말에 전적으로 동감하오. 책에 대해 좀더 얘기해 주시오!"

케인 목사는 파르나소스를 보자마자 한눈에 매력을 느낀 게 분명했어요. 그리고 나는 그가 서가에서 한두 권 꺼내면서 혼잣말로 중얼거리는 소리를 들었습니다. 그때 나는 내가 이 밴 안에 있다는 걸 그가 알면 얼마나 놀랄까 걱정이 되었습니다. 나는 뒷문의 빗장이 제대로 걸려 있는지 다시 확인하고, 조심스레 커튼을 쳤어요. 그리고 까치발로 다시 침상으로 돌아왔죠. 그리고 생각했어요. 만약 앤드류와 이런 데서 마주친다면 얼마나 어처구니없는 상황이 될까.

"이 도시에도 빗자루에서 바나나에 이르기까지 온갖 물건들을 파는 행상인들이 부지런히 올 겁니다." 교수의 목소리였어요. "그러나 책을 파는 사람은 자주 오지 못합니다. 여러분이 이렇게 책을 만날 기회가 많지 않아요. 물론 시립도서관에 가면 아마도 책이 있겠죠. 하지만 집에 꼭 한 권씩 소장해두고 읽어야만 하는 책들도 있습니다. 여기 있는 책들이 바로 그런 책들이에요. 이 책들은 더 이상 긴 설명이 필요 없는 책입니다. 자, 여러분! 가까이 와서 마음에 드는 책을 골라보세요."

사람들이 서가로 다가와 책을 고르고 값을 흥정하는 소리가 들렸습니다. 그들은 아마 그 책들을 샀을거예요. 그런데 밖에서 들리는 웅성웅성 하는 소리는 나를 얼러주었고, 나는 일에 대한 관심과 속싸움에도 불구하고 까무룩 잠에 빠져들었습니다. 생각보다 많이 피곤했었던 것 같았습니다. 나는 밴이 다시 출발하는 것도 느끼지 못했어요. 교수는 운전석에서 쪽창으로 내가 곤히 잠든 걸 보았다고 하더군요. 내가 눈을 뜬 건, 천천히 구르는 마차의 어둠 속에서였어요. 보크는 여전히 발치에 엎드려 있었죠. 그리고 밴 밑의 양동이 같은 데서 무엇인가가 자꾸 부딪히는 희미한 소리가 들려오고 있었어요. 교수는 밴의 지붕 위 랜턴에 불을 켜고 운전석에 앉아서 이상한 노래를 혼자 흥얼거리고 있었습니다. 야릇하면서 단조로운 후렴이 있는 노래였어요.

> 소프트 페로즈에서 나의 배는 난파했네
> 해안을 따라 걸었네
> 나 방랑을 결심했네
> 온 나라를 둘러보겠네.
> 토미 립 팔 랄 앤드 어 발럼 팁
> 토미 립 팔 아이 디
> 난 방랑을 결심했네
> 온 나라를 둘러보겠네.

나는 침상에서 일어나다가 무엇인가에 정강이를 세게 부딪쳤고, 나도 모르게 신음소리를 냈어요. 파르나소스가 멈추었고, 교수가 운전석 뒤의 창문을 열었습니다.

"어머!" 내가 말했습니다. "시간 가는 줄도 모르고…… 몇 시나 됐나요?"

"저녁 먹을 시간쯤 됐죠. 다친 데 없어요? 내가 속물들한테서 돈을 버는 동안 당신은 곯아떨어졌더군요. 당신을 위해 내가 3달러나 벌었어요. 페그도 쉬게 하고 우리도 뭘 좀 먹읍시다."

그가 페가소스를 길 한쪽으로 몰았습니다. 그리고 채광창 아래 달린 흔들 램프에 점등하는 방법을 알려주었습니다.

"이런 멋진 저녁엔 난로를 쓰는 게 아니죠." 그가 말했어요. "덤불을 좀 주워 와서 밖에서 요리를 합시다. 당신은 양동이를 꺼내 올래요? 불은 내가 피우죠."

그는 페가소스를 끌러 나무에 매고는 귀리가 담긴 먹이푸대를 목에 걸어주었습니다. 그가 주변에서 땔거리를 주워와 금세 불을 피웠고, 나는 5분 만에 프라이팬에 베이컨과 계란 스크램블을 준비했어요. 그가 침상 아래의 냉장 박스에서 물 한 통을 가져와 차를 끓였습니다.

그렇게 멋진 소풍은 처음이었어요. 참으로 가을이 그득한 저녁, 바람은 없고 공기는 쌀쌀했죠. 까만 하늘엔 손톱 같은 초승달이 돋아나 있었습니다. 우리는 모닥불을 사이에 두고 마주 앉아 계란과 베이컨을 먹고, 차와 연유로 씻어 내린 다음, 잼 바른 빵을 먹었습니다. 잉걸불은 아늑한 빛을 내며 탔습니다. 보크는 팬의 바닥까지 핥았어요.

"빵은 당신이 손수 만든 건가요, 맥길 양?" 그가 물었습니다.

"그럼요." 내가 말했어요. "전에 계산해 봤는데. 1년에 400덩이 넘게 15년 동안 빵을 구웠더군요. 무려 6천 덩이가 넘죠. 그 정도면 묘비에 새길 만한 업적 아닌가요?"

"빵 굽는 예술은 소네트 짓는 예술에 견줄 만한 초월적 신비입니다." 붉은수염이 말했습니다. "그리고 당신의 핫비스킷은 짧은 시에 해당하니까 트리올레*라고 할 수 있겠죠. 당신의 '명시선집' 혹은 '송가집'에 넣을 만합니다."

"빵은 빵이고, 서쪽은 서쪽이죠."**

내가 말했습니다. 그리고 나에게도 이렇게 말할 줄 아는 재치가 있었나 스스로 놀랐어요. 앤드류한테는 지난 5년간 한 번도 이런 식의 말을 해본 적이 없었거든요.

"키플링을 아시는군요." 그가 말했어요.

"가정교사를 해본 사람이라면 다 알죠."

"어디서 누구의 가정교사를 했어요?"

"뉴욕에서 했어요. 잘 나가는 주식중개인 가정이었죠. 아이 셋을 가르쳤어요. 아이들과 센트럴파크도 산책하고 그랬어요."

"그럼, 브루클린에도 가 봤나요?"

"아뇨."

"아!" 그가 말했습니다. "뉴욕은 좀 문제예요. 뉴욕이 바빌론이라면 브루클린은 진정한 성도(聖都)입니다. 또 뉴욕이 질투와 사무노동과 북새통의 도시라면, 브루클린은 가정과 행복의

---

* 2운각의 8행 시다.
** "Yeast is yeast, and west is west." 이는 "East is east, west is west."(동쪽은 동쪽이고, 서쪽은 서쪽이다)라는 키플링의 문장을, yeast와 east의 발음이 같다는 점에 착안하여 바꾼 언어적 재치라고 할 수 있다.

지역이고요. 브루클린은 아주 특별해요. 가난하고 시달림 당한 뉴욕 인들은 낮고 가정을 사랑하는 브루클린을 낮잡아보곤 하는데, 사실은 브루클린이야말로 그들의 영혼이 갈구하는 소중한 보석 같은 곳이라고 할 수 있어요. 그런데 그들은 그걸 모르고 있죠. 브로드웨이! 그 이름이 얼마나 상징적인지 생각해 보세요. 파멸에 이르는 길은 항상 넓거든요! 그러나 브루클린의 길들은 좁죠. 그리고 그 길들은 만족이라는 천국의 도시로 인도합니다. 센트럴파크, 거기 갔었군요. '센트럴'은 자만심의 벽으로 둘러쳐진, 물질의 중심을 의미해요. 하지만 브루클린의 프로스펙트파크, 얼마나 좋습니까? 겸손의 언덕에 대한 멋진 조망을 제공하는 공원이죠. 뉴욕 인에게는 희망이란 없어요. 그들은 마천루처럼 쌓인 죄를 찬양할 뿐이니까요. 하지만 브루클린에는 낮은 자들의 지혜가 있어요."

"그러니까 당신 말은, 내가 만약 브루클린에서 가정교사를 했더라면 충분한 만족을 느꼈을 거고, 그랬다면 앤드류를 따라나서다거나 6천 덩이의 빵과 단편 시 같은 것을 굽는 일도 하지 않았을 거다, 그런 건가요?"

내가 말했어요. 그러나 변덕스러운 교수는 이미 다른 조망 장소로 옮겨간 뒤였고, 그래서 나의 주장에 꺼들리지 않았습니다.

"물론 브루클린은 우중충한 곳이긴 합니다." 그가 말했어요.

"하지만 그럼에도 불구하고 브루클린은 나에게는 마음의 상태를 상징해요. 반면 뉴욕은 주머니의 상태를 의미할 뿐이죠. 나는 브루클린에서 어린 시절을 보냈어요. 아직도 내 마음속 브루클린에는 영광의 구름이 흐르고 있죠. 내가 그곳으로 돌아가 책 쓰는 일을 시작하게 된다면 나는 황야에서 돌아와 향긋한 차와 크럼핏을 다시 누리게 된 네부카드네자르만큼이나 행복을 느낄 겁니다. 그 책을 나는 '농부와 문학'이라고 부를까 하는데, 좀 빈약한 제목이긴 해요. 당신에게 그 원고를 보여주고 싶군요."

교수에게 미안하게도 나는 하품을 이기지 못했습니다. 약간 으슬으슬하기도 했고요.

"그보다 먼저," 내가 말했습니다. "여기는 어디고, 몇 시나 됐을까요?"

그가 주머니 시계를 보며 말했어요. "아홉시고요, 셸비까지는 3킬로미터쯤 남은 것 같아요. 슬슬 떠나볼까요. 그린브리어 사람들한테 듣자하니 셸비에서는 '그랜드센트럴' 호텔이 묵을만하다고 합디다. 별로 호감 가는 이름은 아니죠. '뉴욕'처럼 형편없이 들리거든요."

그는 요리기구들을 파르나소스 안으로 옮기고, 페그를 다시 마차에 매고, 보크의 줄을 밴의 뒷부분에 매었습니다. 우리는 그가 그린브리어에서 번 2달러 80센트의 돈을 놓고 잠깐 옥신각

신했습니다. 그는 내가 받아야 한다고 했고, 나는 그가 번 돈이니 받을 수 없다고 했죠. 그러다 결국 내가 졌어요. 졸리기도 했고, 또 사실상 내 책을 판 돈이기도 했으니까요. 우리는 소나무 숲 사이로 난 깜깜하고 고즈넉한 길을 따라 삐걱거리며 나아갔습니다. 내 기억에 그는 전국 여러 곳의 농부들을 만나러 다닌 순례의 여정에 대해 줄기차게 얘기했던 것 같아요. 그러나 (솔직히 말해서) 나는 운전석의 한 구석에서 꾸벅꾸벅 졸았습니다. 내가 잠에서 깬 건 우리가 셸비의 그랜드센트럴 호텔 앞에 멈추었을 때였어요. 호텔은 이름에 걸맞지 않게 거의 눈에 띄지 않는 평범한 시골 여관이었어요. 그가 파르나소스의 자리를 잡고 동물들을 옮기는 동안 나는 방을 잡았습니다. 내가 호텔 직원에게서 방 열쇠를 넘겨받았을 때, 우중충한 로비로 그가 들어섰어요.

"자, 그럼 미플린 씨," 내가 말했습니다. "내일 아침 만나요."

"나는 본래 오늘 밤에 포트비거까지 달릴까 했었는데." 그가 말했어요. "여기서 꼬박 10킬로미터라네요. 여기서 비박할 수밖에 없겠습니다. 나는 흡연실로 가서 애연가들에게 책의 지혜에 대해 전할까 합니다. 안녕의 인사는 내일로 미룹시다."

방은 생각보다는 쾌적하고 깨끗했습니다. 나는 옷가방을 풀고, 뜨거운 물에 몸을 담갔어요. 막 잠이 들려는 순간 아래쪽에서 남자다운 웃음소리로 간간이 중단되는 새된 목소리가 들려왔어요. 순례자는 계속 개종의 임무를 수행하는 중이었어요!

제6장

다음날 잠에서 깼을 때, 나는 어리둥절했어요. 가구 없는 빈방, 빨강과 파랑색 헝겊으로 누빈 카펫, 녹색 도자기로 된 세면용기, 모두가 낯설었죠. 바깥 홀에서 괘종시계가 울렸습니다. 나는 마음이 떨컥했어요.

"맙소사! 두 시간이나 늦잠을 자다니. 앤드류 아침식사를 뭘로 차리지?"

그러고 나서 창가로 달려갔을 때, 나는 특이한 붉은색 글씨가 쓰인 청록색의 파르나소스가 마당에 세워져 있는 것을 보았습니다. 그제서야 기억이 돌아왔죠. 나는 창가 그늘에 숨어 조심스레 교수를 살폈습니다. 그는 손에 페인트 통을 들고 밴 옆면에 쓰인 자기 이름을 열심히 지우는 중이었어요. 물론 대신 내 이름을 써넣기 위해서임이 분명했죠. 그것은 내가 미처 생각지 못했던 일이었는데, 분명 그렇게 하는 편이 나아 보였습니다.

나는 얼른 옷을 챙겨 입고, 가방을 싸고, 아침을 먹기 위해 열고나게 아래층으로 내려갔습니다. 기다란 식탁은 한산했습니다. 반대쪽 끝에 앉은 사내 두엇이 호기심 어린 눈으로 나를 힐끔거릴 뿐이었죠. 교수가 밴의 옆면에 부지런히 붓질을 할 때마다 붉은색 대문자로 된 내 이름이 점점 그려지고 있는 게 창문 너머로 보였어요. 커피와 콩과 베이컨으로 식사를 마치고 내다보니, 교수는 '셰익스피어, 찰스 램' 어쩌구 했던 줄을 페인트로 지우고 대신 새로운 글자를 써넣고 있었습니다. 잠시 뒤에 다시 보니, 이제 옆면에는 이렇게 씌어 있었습니다.

헬렌 맥길의 파르나소스 이동서점
양서 판매
특별 요리책 구비
안에 문의하세요

그러니까 그는 내가 고전에 대해서는 식견이 별로 없다고 생각하는게 분명했죠.

나는 프런트에서 비용을 정산했어요. 밴과 말을 하룻밤 묵인 비용도 치렀고요. 그러고 나서 이제 좀 정돈되어 가는 마당으로 천천히 걸어 들어갔어요. 미플린 씨는 자신의 작업에 흡족한 표정이었습니다. 그가 덧칠한 붉은색 글자들이 아침 햇발을 받아 반짝거리고 있었어요.

"좋은 아침이에요." 내가 인사를 건넸습니다.

그도 인사를 돌려주었습니다. 그리고 그가 말했어요.

"자, 보세요! 이제 파르나소스는 정말로 당신 겁니다! 전 세계가 당신 앞에 펼쳐져 있죠. 아 그리고 당신께 드릴 돈이 좀 있어요. 간밤에 몇 권 팔았거든요. 지배인을 설득해서 흡연실에 오 헨리의 책들을 구비하게 했고, 요리사한테는『월도프 요리책』을 팔았죠. 오! 그녀의 커피, 끔찍하지 않던가요? 우리 요리책으로 그녀의 커피 맛이 좀 나아지면 좋겠네요."

그는 내게 눅눅해진 지폐 두 장과 잔돈 한 줌을 건네주었습니다. 나는 그것을 자못 진지하게 받아 지갑에 넣었어요. 이 정도면 정말 나쁘지 않았습니다. 24시간도 채 안 돼서 10달러를 넘게 벌다니요.

"파르나소스는 금광 같군요." 내가 말했어요.

"어느 쪽 길로 갈 건가요?" 그가 물었습니다.

"글쎄요. 당신이 포트비거로 가길 원하는 것 같으니, 그쪽으로 태워드려야죠."

"좋습니다! 당신이 그렇게 말해 주길 기다렸어요. 포트비거행 역마차가 빨라야 정오에 있다지 뭡니까. 이젠 팔 책도 없는데 오전 내내 뭘 하나 걱정이 됐거든요. 거기 가서 기차만 타면 저는 만사해결입니다."

보크는 마당의 한 구석, 호텔의 쪽문 아래 매어져 있었습니다. 교수가 페그를 마차에 매는 동안 나는 보크를 데리고 오려고 그쪽으로 갔어요. 내가 개의 목에 묶인 줄을 풀려고 웅크렸을때, 누군가의 전화 통화 소리가 들려왔어요. 머리 바로 위가 호텔 로비였고, 창문이 열려 있었거든요.

— "뭐라고요? 잘 안 들리는데요?"

— "―"

— "맥길 양이요? 네, 맞습니다. 어젯밤 투숙자 명단에 있습니다. 지금 호텔에 계십니다."

더 이상 들을 필요가 없었죠. 보크를 풀자마자 나는 미플린에게 날래게 달려갔습니다. 그의 눈이 반짝 빛났습니다. 그가 싱긋 웃었어요.

"현자가 쫓아오고 있군요. 좋아요, 출발합시다. 우리를 따라잡는다고 해서 무슨 일인들 할 수 있을지 모르겠지만요."

그때 호텔 직원이 창문 너머로 나를 불렀습니다. "맥길 양! 당신 오빠 분이 바꿔 달랍니다!"

"바빠서 못 받는다고 하세요!"

나는 이렇게 대답하고 자리에 올랐어요. 예의 있는 대답이 아닌 건 알았지만, 다급함과 모험심에 들떠 있었던지라 더 나은 대답을 생각할 겨를이 없었죠. 미플린이 페그에게 신호를 보냈고, 우리는 출발했어요.

셸비에서 포트비거로 가는 길은 해협 쪽으로 굽어지는 넓은 비탈을 가로지르게 되어 있었습니다. 왼쪽 아래로는 강물이 계곡을 따라 몸을 뒤척이며 흐르고 있었습니다. 썩 훌륭한 경치였어요. 숲은 이미 금빛과 구릿빛으로 물들었고, 그 위에 구름이 눈처럼 하얗게 떠 있었죠. 하도 깨끗해서 하얀 빨래를 널어 놓은 것처럼 보였어요. 태양은 온화했고, 푸르디푸른 천공에서 멋지게 빛나고 있었습니다. 내 마음도 한껏 부풀고 있었습니다.

처음으로 나는 앤드류가 방랑여행에서 무엇을 느끼는지 깨달았습니다. 그리고 생각했어요. 왜 이 모든 것이 나에게는 그동안 가려져 있었을까. 왜 빵 굽는 초월적 신비는 나를 그토록 오랫동안 바람과 하늘과 나무 사이의 바람을 보지 못하게 가린 걸까? 우리는 길가의 흰색 농가로 다가갔어요. 대문 옆에서 농부가 통나무 위에 앉아 파이프 담배를 피우며 나뭇가지 하나를 다듬고 있었습니다. 부엌에서는 한 여자가 난로에 검정 도료를 칠하고 있는 게 창문 너머로 보였어요. 나는 이렇게 외치고 싶었습니다.

'오, 가여운 여인! 당신의 난로와 주전자와 그릇과 온갖 허드렛일을 내려놓아요. 단 하루라도 내려놓아요. 그리고 밖으로 나와 저 하늘의 태양과 저 멀리 흐르는 강을 바라보아요!'

우리가 지나칠 때 농부는 파르나소스를 멍한 눈으로 바라보 았어요. 그때 나는 문학 보급자로서의 내 사명이 떠올랐습니다. 미플란은 한 발을 그의 불뚝한 여행가방 위에 올려놓고 앉아서, 차가운 바람에 몸을 흔들고 있는 우듬지를 바라보고 있었어요. 그의 상념은 아마도 아침의 뮤즈를 따라 먼 곳을 날고 있는 모 양이었죠. 나는 고삐를 내려놓고 농부에게 말을 걸었습니다.

"친구분, 안녕하세요."

"안녕하세요, 부인." 그가 묵묵하게 말했어요.

"나는 책을 팔고 있어요." 내가 말했어요. "당신한데 필요한 책을 소개해 드릴까요?"

"고맙습니다만, 아가씨," 그가 말했습니다. "제가 작년에 책 을 많이 샀고요, 그걸 요단 강 건너기 전에 다 읽을 수 있을 것 같지가 않습니다. 어떤 상인한테 『장례식 연설집』 전집을 샀는 데, 매달 꼬박이 1달러씩 내고 있죠. 이 정도면 이제 어느 장례 식에 가더라도 진지한 애도자로서 입을 열 자격이 있는 사람 아 닐까요."

"우리가 읽을 책은 어떻게 죽을까가 아니라 어떻게 살까에 대해 가르치는 책이어야 하죠." 내가 말했어요. "당신 부인은 어 떠세요? 그녀에게도 좋은 책이 필요하지 않을까요? 아이들한테 읽힐 동화책은 있으세요?"

"글쎄요." 그가 말했어요. "유감스럽게도 나한텐 아내가 없습니다. 나는 그다지 대범한 사람이 아녜요. 그래서 아직 당분간은 장례식 연설에서 나의 우울한 쾌락을 찾을 따름이죠."

"어머! 그러세요?" 내가 말했습니다. "잠깐만요. 그렇다면 당신에게 딱 맞는 책이 있어요."

나는 『어느 미혼남의 몽상』을 떠올렸어요. 서가를 살피면서 본 기억이 있었거든요. 나는 운전석을 기어내려가 밴의 날개를 들어올리고 (나는 이 일을 내가 직접 하는 데서 적잖은 흥분을 느꼈어요.) 그 책을 찾아냈습니다. 겉표지 안에서 미플린이 아담한 손으로 쓴 글자 'n m'을 확인했죠.

"자, 여기 있어요." 나는 말했습니다. "이걸 30센트에 팔게요."

"정말 감사해요, 부인." 그가 정중하게 말했어요. "하지만 솔직히 내가 그걸로 뭘 할지 모르겠군요. 나는 '딱지벌레와 곰팡이'에 관한 보고서 일을 하고 있는데 그 보고서랑 장례식 연설집 가운데에 끼어 있는 형편이라서요. 솔직히 그 두 가지가 내가 읽으려고 마음먹은 전부예요. 하나가 더 있다면 신문이죠, 『포트비거 클라리온』."

그의 말은 진심인 것 같았습니다. 그래서 나는 다시 자리로 올라탔어요. 나는 부엌 창문으로 무슨 일인가 하고 내다보던 여자와 얘기를 해볼까도 싶었지만 참았습니다. 그러면 너무 지체될 것 같았죠. 농부와 나는 친구처럼 인사를 나누었고, 파르나소스의 바퀴는 다시 구르기 시작했습니다.

너무 아름다워서 수다를 떨고 싶지 않은 아침이었어요. 게다가 교수도 뭔가 깊은 생각에 잠긴 것 같아서 나도 아무 말 하지 않았죠. 그러나 페그가 완만한 경사를 천천히 오르기 시작하자, 그는 생각난 듯 주머니에서 책을 하나 꺼내더니 소리 내어 읽기 시작했어요. 나는 고개를 강 쪽으로 두고 있었지만, 귀는 교수의 목소리에 집중하고 있었어요.

"떠도는 구름, 몰아치는 바람, 그리고 구르는 태양 – 끝없는 허공, 계절의 순환, 반짝이는 별들의 무리 – 이 모두가 하나의 조화롭고 신비로운 전체를 이룬다. 우리가 사소한 일을 시작하는 그 어디에서든, 우리는 거대한 계획, 그 시작도 없고 끝도 없는 정연한 불변의 절차인 그 계획의 지문을 느낄 줄 알아야 한다. 그 속에서 죽음은 다른 탄생의 서문일 뿐이요, 탄생은 다른 죽음의 전조일 뿐이다. 우리 인간이 그 모든 것의 동기나 도덕률을 상상하는 데서 무력한 것은, 개가 주인의 마음에서 벌어지는 추론을 이해하는 데서 무력한 것과 다르지 않다. 개는 주인의 행동이 선에서 오든 악에서 오든 꼬리를 흔들지만, 그 개에

게 주인의 행동은 영원한 불가해로 남는다. 인간도 이와 다르지 않다."―

"그러므로 형제들이여, 가벼운 마음으로 우리는 길을 가자. 볼 수 있는 눈과 들을 수 있는 귀가 있는 동안, 구릿빛 나뭇잎과 부서지는 파도소리를 우리는 찬미하자. 세상의 저 형언할 수 없는 아름다움에 대한 솔직한 경탄은 학인의 어여쁜 자세이니, 우리는 모두 어머니 대자연의 눈 아래 머무는 학인이 되자."―

"들으니 어떤가요?" 그가 물었습니다.
"약간 무겁긴 하지만, 썩 좋네요." 나는 대답했어요. "그 글엔 빵굽는 일의 초월적 신비 같은 건 안 보여요."
그의 얼굴엔 아무 표정이 없었어요.
"누가 썼는지 알아요?" 그가 다시 물었습니다.
나는 문학에 대한 가정교사 수준의 회상으로 이리저리 이름을 떠올려 보았지만, 뜻대로 되지 않았어요.
"생각 안 나네요." 나는 희미한 소리로 말했습니다. "혹시, 칼라일?"
"앤드류 맥길의 글이에요." 그가 말했습니다. "최근 학교 교과서로도 제작되고 있다는 그의 장대한 산문의 일부죠. 이 놈,

잘 써요."

나는 문학 문답시험 같은 걸 보게 되나 싶어 마음이 불편해지기 시작했습니다. 그래서 아무 말도 하지 않고 페그를 천천히 몰았죠. 사실 나는 교수가 앤드류 책이 아니라 자기 책에 대해 말하는 걸 더 듣고 싶었습니다. 앤드류의 글은 나에게 안 맞았어요. 좀 지루했거든요.

"나로 말하자면," 교수가 말했습니다. "나는 그런 장대한 스타일에는 소질이 없어요. 그래서 보잘것없는 책을 쓰느니 훌륭하게 씌어진 책을 한 권이라도 더 읽는 게 낫지 않나 하는 생각에 늘 시달려왔죠. 게다가 나는 책을 뒤섞어 읽는 편이에요. 내 속에는 내 목소리가 아닌, 나보다 더 나은 사람들의 목소리와 메아리가 많이 고여 있죠. 그렇지만 지금 구상하고 있는 책은 정말로 쓰일 가치가 있는 책이라는 생각이 들어요. 남이 흉내 낼 수 없는 자기만의 목소리를 분명히 가지고 있으니까요."

그는 생각에 잠긴 표정으로 햇빛 가득한 계곡을 응시했습니다. 멀리 해협이 살짝씩 보였어요. 교수의 빛바랜 트위드 모자는 기울어져 한쪽 귀를 덮고 있었고, 잗다란 수염은 햇빛 속에서 진홍색으로 빛났습니다. 그의 침묵에 나도 함께했어요. 그는 자신의 소중한 책에 대해 말을 나눌 누군가가 있어 좋은 모양이었어요.

"세상엔 위대한 문학 작가들이 많고도 많죠." 그가 말했어요. "하지만 그들은 모두 이기적이고 귀족적입니다. 애디슨, 램, 해즐릿, 에머슨, 로웰— 누구를 떠올리더라도 마찬가지예요. 그들은 하나같이 책에 대한 사랑을 소수만이 누리는 신비롭고 희유한 어떤 것으로 여겼어요. 한밤중 외딴 곳, 벽난로 앞에는 스패니얼이 깔개 위에 엎드려 있고 책상 위에는 촛불과 포트와인이 놓인 그런 곳에서 시거를 물고 홀로 외로이 수행하는 연구 같은 것으로 말이죠. 그러니까 내 말은, 문학을 평범한 보통사람들의 가정으로 끌어오기 위해 길을 나선 사람, 과감하게 울타리를 뛰어넘은 사람, 누구 말대로 문학을 자신의 사업이자 소명으로 받아들인 사람이 없다는 거예요. 시골 속으로 깊이 들어가면 갈수록, 책의 수는 더 적어지고 질은 더 떨어진다는 사실을 알게 되죠. 나는 7년 동안 이 희한하게 생긴 요새를 몰고 떠돌았지만, 벤 에즈라의 이름으로 말하건대 농가에서 정말 좋은 책을 발견한 적이 (성경을 빼면) 한 번도 없었어요. 있다면 모두 내가 전에 가져다준 거였죠. 이른바 문화 공무원이라는 자들이 보통의 국민들에게 읽기를 가르치기 위해 한 일이 뭐가 있나요? 농부들을 위한 도서목록을 만들고 '5피트서가' 총서를 선정하는 따위는 아무짝에도 쓸모가 없는 일이에요. 당신이 직접 발로 뛰고 직접 만나야 해요. 그들에게 책을 가져다주고, 학교 선생들 혹은 시골의 신문사나 농업잡지사의 못된 편집자들을 자극하고, 자라는 아이들에게 이야기를 들려주어야 합니다. 그렇게 해야 비로소 당신은 조금씩 이 나라의 혈관에 좋은 책이라는 피가 돌게 할 수 있을 겁니다. 그건 정말 대단한 일이에요. 꼭 명심하세요! 그 일은 어쩌면 오래된 시골집에 성배(聖杯)를 운반하는 것과도 같은 일일 거예요. 그리고 나는 파르나소스가 이놈 하나뿐이 아니라 수백수천 대가 굴러다니길 바랍니다. 내 책 쓰는 일만 아니라면 나는 결코 이걸 포기하지 않았을 거예요. 하지만 이제는 다른 사람들의 마음을 휘저어 보리라는 기대를 안고 내 책을 써 보려고 하죠. 이 나라에 그런 책을 내줄 출판사가 있는지 모르겠지만 말이죠."

"데카메론 씨한테 한번 문의해 보세요." 내가 말했어요. "앤드류한테 아주 싹싹하던데요."

"이런 걸 생각해 보세요." 그가 손사래를 치며 외쳤습니다. "만약 어떤 부자가 돈을 들여 이런 마차를 100대쯤 만들어서 시골 구석구석을 돌아다닌다고 해봐요. 그러면 아마 충분히 보상을 받고도 남을 거예요. 당신의 이 시작처럼 말이죠. 웹스터의 이름으로 말하건대, 틀림없어요. 나는 뉴욕의 한 호텔에서 열린 서적상들의 회의에 한 번 나가서 그들에게 내 계획에 대해 설명한 적이 있어요. 그들은 내 말에 콧방귀만 뀌었죠. 하지만 나는 이 파르나소스로 책을 나르면서, 40년 동안 서점직원으로 일하거나 학교에서 아이들을 가르치면서는 결코 얻지 못했을 대단한 재미를 누렸습니다. 나처럼 이렇게 돌아다니다 보면, 당신의 인생도 말로 다하지 못할 풍미로 가득 채워질 겁니다. 태양과 공기와 은빛 구름이 있는 오늘의 이 모습을 보세요. 그렇지만 그중에 백미는 언제인지 아세요? 바로 비 내리는 날이에요. 그런 날이면 나는 길을 접고, 페그에게 고무 담요를 덮어준 뒤, 보크와 함께 침상 위에서 동그랗게 몸을 말고 담배를 피우면서 책을 읽습니다. 우리는 『해군 소위 후보생 이지』를 함께 읽었고, 셰익스피어도 많이 읽었지요. 보크는 책을 아주 좋아하는 놈이에요. 우리는 이 파르나소스로 기묘한 경험을 많이 했죠."

셸비에서 포트비거로 넘어가는 언덕길은 사뭇 적막했어요. 농가들이 대부분 아래 계곡 쪽에 있기 때문이었죠. 내가 근방의 지리에 밝았더라면 우리는 좀 에둘러 가더라도 사람들이 많이 다니는 길을 택했을지도 몰라요. 그러나 사실을 말하자면 나는 시야가 탁 트인 길이 더 좋았어요. 길은 태양에 하얗게 빛나고 있었고, 인적이 없어 적막했죠. 페그는 느린 속보로 걸었고, 우리는 퍽 즐거웠어요. 우리는 어떤 집에서 한 번 더 멈추었어요. 미플린이 자신의 기술을 보여줄 기회를 더 달라고 청했기 때문이었죠. 노처녀가 살고 있었는데, 성질이 꽤나 사나웠어요. 그녀가 자기를 찾아오는 조카애들한테 읽어줄 책이 있는지 물었고, 미플린은 그녀에게 『그림〔Grimm〕 형제 동화집』을 팔았습니다. "받으세요." 그가 웃으며 건넨 건 노처녀에게서 받은 거뭇해진 25센트짜리 동전이었어요. "그나저나, 저 여자 자신이 동화책보다 더 암울해(grim) 보이네요."

우리는 길을 좀더 가다가 페그가 물을 마실 수 있도록 길옆 샘가에 멈추었어요. 멈춘 김에 아예 점심을 들자고 내가 제안했어요. 나는 셸비에서 준비해온 약간의 빵과 치즈를 꺼냈고, 우리는 거기에 잼을 발라 꽤 근사한 샌드위치를 만들어 먹었어요. 길 울타리 옆에 앉아 있는데 모터 역마차 한 대가 포트비거 방면으로 요란한 소리를 내며 지나가더군요. 그러더니 역마차는 얼마 안 가 멈추었다가 이내 다시 출발했고, 역마차에서 내려 우리 쪽으로 걸어오는 사람의 낯익은 모습이 보였어요.

"시끄럽게 됐네요." 내가 말했어요. "저 사람이 앤드류예요."

제7장

내가 뚱뚱한 그만큼 앤드류는 말랐습니다. 그의 옷들은 홀쭉한 몸 위에서 늘 우스꽝스럽게 펄러덩거리죠. 그는 큰 키에 느릿한 걸음새이며, 수염은 우툴두툴하게 자랐고, 머리에는 챙이 넓은 카우보이모자를 얹지요. 그리고 가을이변 건초열*을 심하게 앓습니다. (그가 가장 잘 쓴 글이 바로 『건초열』이라는 에세이라고 나는 생각해요.) 그가 역마차에서 내려 길을 걸어올 때, 그의 바지는 발목 부분이 바람에 심하게 퍼덕거렸어요. 그의 수염 역시 바람에 턱 뒤까지 나부꼈고요. 그리고 그의 화난 얼굴은 사뭇 어두웠죠. 나는 그 모습이 하도 우스워서 웃음이 나오는 걸 참기 힘들었습니다.

"버나드 쇼와 흡사하게 생겼군요." 미플린이 속삭였습니다.

나는 항상 선제공격의 힘을 믿습니다. 내가 먼저 쾌활한 인사를 날렸어요.

---

* 알레르기성 비염을 일컫는다.

"좋은 아침, 앤드류! 책 좀 살래?"

나는 페가소스를 세웠고, 앤드류는 마차 몇 발짝 앞에 섰습니다. 숨을 좀 몰아쉬고 있었고, 한 눈에 봐도 화가 머리끝까지 나 있는 걸 알 수 있었죠.

"대체 이게 무슨 일이야. 헬렌?" 그가 노기 어린 목소리로 말했습니다. "어제부터 얼마나 찾아다녔는지 알아? 그리고 이 사람, 같이 탄 이 자는 대체 뭐야?"

"앤드류!" 내가 말했어요. "예의는 집에 두고 온 거야? 이 분은 미플린 씨라고 해. 내가 이 분의 캐러밴을 샀고, 나는 지금 휴가를 보내는 중이야. 책을 팔면서 말이지. 미플린 씨는 브루클린행 기차를 타러 포트비거로 가는 중이고."

앤드류는 말없이 교수를 쏘아 보았습니다. 그의 밝은 청색의 눈동자가 화로 이글거리고 있었죠. 나는 상황이 좋아지기는커녕 더 악화될 것이 염려되었습니다. 앤드류는 좀처럼 화를 내지 않는 성미였지만, 한번 화가 났다 하면 다루기 힘들었어요. 그리고 이제 교수의 기질도 약간은 파악되는 바가 있었습니다. 더구나 교수는 내가 지금까지 한 말들로 인해 앤드류에 대해 좋지 않은 선입견을 가졌을 수 있었어요. 산문의 뛰어남과는 상관없이, 어쨌든 나의 오빠로서의 앤드류에 대해서 말이죠.

미플린이 말할 준비를 했습니다. 그가 재미있게 생긴 작은 모자를 벗자, 계란처럼 생긴 그의 대머리가 드러났죠. 빛나는 그의 머리 둘레로 땀방울이 귀엽게 송글송글 맺힌 게 보였습니다.

"안녕하세요, 상황이 좀 이상하게 됐군요. 하지만 설명이 복잡할 건 전혀 없습니다. 당신의 누이가 이 밴과 그 속에 담긴 내용물을 사셨고, 나는 좋은 책의 배포에 관한 나의 이론과 경험을 전수하고 있는 중입니다. 당신은 문인으로서—"

"이봐, 헬렌!" 앤드류가 교수의 말을 무지르며 말했습니다. 그는 교수의 말에 터럭만큼의 주의도 기울이지 않았죠. 그러자 미플린의 흙빛 뺨에 엷은 홍조가 번졌습니다. "너는 내가 말야, 내 여동생이 이따위 떠돌이 유랑자와 눈먼 고양이 갈밭 매듯 싸돌아다니도록 놔둘 사람이라고 생각하는 거야? 분명히 말하는데, 정신 똑바로 차려. 그 나이에, 그 몽뚱이로 말이야! 어제 집에 와서 네가 쓴 웃기는 메모 봤어. 콜린스 부인한테 갔더니, 아무것도 모른대. 메이슨 씨네 갔더니, 누군가 전화선을 끊었대. 네가 그런 거 맞지? 메이슨 씨는 너의 이 화물차를 봤고, 이 길로 가라고 일러줬어. 그런데 세상에! 마흔 먹은 여자애가 집시한테 납치를 당해?"

미플린이 뭐라고 말하려는 걸 내가 말렸어요.

"이봐, 앤드류!" 내가 말했습니다. "나도 말 좀 해. 6천 덩이의 빵을 지어서 그걸 오빠한테 바친 마흔 먹은 여자라면 오빠한테 약간의 정중함은 요구할 권리가 있다고 생각해. 오빠는 방랑여행인가 뭔가 가고 싶으면 한순간의 망설임도 없이 사라지지. 이 동생은 집에 얌전히 남아 양계장에서 닭이나 돌보며 지내길 기대하면서 말야. 하지만 수전 앤서니의 이름으로 말하건대, 난 그렇게 하지 않겠어! 이건 무려 15년 만에 갖는 나의 첫 휴가라구. 그리고 내 일은 내가 알아서 해. 내 일에 감 놔라 배 놔라하지 말란 말야."

앤드류가 뭔가 말하려고 했어요. 하지만 내가 강하게 팔을 내뻗어 그를 제지하며 말했습니다.

"나는 이 파르나소스를 미플린 씨한테 공명정대하게 400달러 주고 샀어. 그 값은 계란 1,300꾸러미에 해당하는 돈이야. (나는 이 수치를 미플린이 자기 책에 대해 얘기할 때 계산했었어요.) 그 돈은 내 거고, 나는 그 돈을 내 방식대로 쓸 권리가 있어. 자, 앤드류 맥길, 사고 싶은 책이 있거든 나랑 교섭하면 돼. 그게 아니라면 길을 비켜 줘. 집에서 봐."

나는 운전석 옆의 주머니에 있던 미플린의 명함을 그에게 건넸습니다. 그리고 고삐를 그러쥐었어요. 나는 앤드류한테 두 가지가 화가 났습니다. 하나는 부당했던 점, 또 하나는 모욕적이었던 점.

앤드류는 명함을 들여다보더니 그걸 반으로 찢었습니다. 그리고 새로 칠한 붉은색 글자가 아직 덜 마른 파르나소스의 옆을 보았습니다.

"가관이로군." 그가 말했어요. "완전히 돌았어."

그런데 그때 돌연 그가 재채기를 터뜨렸어요. 마지막 남은 건초열 때문인 것 같았습니다. 초원에는 아직 메역취*가 남아 있었거든요. 그는 기침과 재채기를 연달아 심하게 했고, 이것이 더욱 그의 울화를 돋웠습니다. 마침내 그가 홍조의 얼굴과 밝은 눈을 가진 대머리 미플린 쪽으로 돌아섰어요. 앤드류는 그를 훑어보았습니다. 허름한 노퍽재킷, 주머니에서 불거져 나온 수첩, 발밑의 불뚝한 여행가방, 그리고 그 옆에 뒤집힌 채 놓인 『시골의 행복』이 보였죠.

"이봐요," 앤드류가 말했습니다. "나는 당신이 어떤 악독한 수법으로 내 동생을 꼬드겨서 이렇게 행상 마차에 따라나서게 만들었는지는 모르오. 하지만 만약 당신이 동생 돈을 사기로 우겨낸 거라면 당신을 법적으로 가만 놔두지 않을 거라는 건 분명히 알고 있소."

내가 항변의 말로 끼어들려 했지만, 그러기엔 상황이 너무 빨리 진행되었습니다.

---

* 건초열의 한 원인이 되는 풀이다.

이제는 교수도 앤드류만큼 꼭지가 돌았습니다.

"『농부 피어스』의 이름으로 말하건대," 그가 말했습니다. "나는 문필가이자 이 책(그는 『시골의 행복』을 들어 보이며 말했어요)의 고명하신 저자를 만날 것을 기대했었소. 그러나 그런 기대를 가졌던 내가 오산이었소. 분명히 말하지만, 당신! 낯선 사람 앞에서 자기 누이를 모욕한 자는 멍청한 놈이자 비열한 놈이오."

그는 책을 울타리 너머로 휙 날려버리고는, 내가 뭐라 할 겨를도 없이 밴에서 뛰어내렸습니다.

"자," 그가 잔다란 붉은 수염을 부르르 떨며 말했어요. "당신 누이는 나이도 찼고 자신의 자유의지로 행동할 수 있소. 침례교도의 이름으로 말하건대 나는 그녀가 휴가를 바라는 걸 비난할 수 없소. 당신이 그녀를 매사 이런 식으로 대한다면 말이오. 그녀는 나와 아무 상관없는 사람이고, 나 또한 그녀와 전혀 상관없는 사람이오. 그러나 당신에게 제대로 한번 가르쳐 주겠소. 자, 준비하고 나의 교훈을 받으시오."

일은 내가 감당할 수 있는 데를 벗어나고 있었습니다. 나는 그때 비명을 지르며 밴에서 기어오르기 시작했던 것 같아요. 그러나 내가 어쩌기도 전에 이 두 인간은 서로 치고받기 시작했습니다. 앤드류가 미플린을 세게 흔들었고, 미플린은 앤드류의 턱을 한 방 갈겼습니다. 앤드류의 모자가 길바닥에 떨어졌습니다.

페그는 얌전히 서 있었지만 보크가 달려가 앤드류의 다리를 물기세였죠. 그때 내가 뛰어내려 보크를 붙잡았습니다.

그것은 참으로 묘한 광경이었어요. 아마 발이라도 구르면서 소리라도 질러야 마땅했을 거예요. 그러나 사실인즉 나는 거의 허탈한 웃음을 짓고 있었습니다. 그나마 지나는 사람이 없는 게 다행이었어요.

앤드류는 교수보다 아래팔 하나만큼은 더 컸어요. 하지만 실팍하지 못한 데다 움직임이 어색하고 엉성했어요. 반면 작달막한 붉은수염은 고양이처럼 강단이 있었죠. 또 앤드류는 이성을 잃고 흥분하는 자기 모습에 스스로 폭발하고 있었고, 미플린은 패배를 모르는 차가운 분노를 유지하고 있었죠. 앤드류는 상대의 가슴과 어깨를 향해 맥없이 팔을 휘두르다 휘청거렸고, 결국 30초 만에 턱과 코에 연달아 펀치를 얻어맞고 뒷걸음질로 물러났습니다.

앤드류는 길바닥에 털썩 주저앉아 누군가 손수건을 건네주길 기다리고 있었고, 미플린은 그를 잔뜩 노려보며 서 있었어요. 물론 그 역시 마음이 편치 않아 보이기는 마찬가지였죠. 둘 다 아무 말 하지 않았습니다. 보크가 나한테서 뛰쳐나가 미플린 주위에서 이리저리 희롱거렸습니다. 게임이라도 하는 줄 아는 모양이었습니다. 아주 묘한 광경이었어요.

앤드류가 피 흐르는 코를 움켜쥐며 일어섰습니다.

"분명히 말하는데," 그가 말했습니다. "당신의 주먹은 인정하겠어. 하지만 내 여동생을 납치한 건 용서 못해. 당신은 해적이야."

미플린은 대꾸하지 않았습니다.

"바보같이 굴지 마, 앤드류." 내가 말했어요. "내가 모험을 좀 원하는거 모르겠어? 집에 가서 6천 덩이 빵을 굽고 있어. 그게 다되기 전까지는 돌아갈테니. 그리고, 두 사람 다 부끄러운 줄 아세요. 나는 책을 팔러 가겠어요."

말을 마치고 나는 운전석에 올라 페가소스에게 신호를 보냈습니다. 앤드류와 미플린과 보크를 길거리에 놔둔 채 나는 출발했어요.

길을 가는 동안 나는 줄곧 화가 났습니다. 애들처럼 구는 두 사람한테 화가 난 거죠. 앤드류한테 화난 건 그가 부당하게 굴었기 때문이에요. 하지만 어찌 보면 칭찬할 일이기도 했어요. 미플린한테 화난 건 앤드류를 때려 코피가 나게 만들었기 때문이고요. 하지만 그 행동 속에 담긴 결기도 감사할 일이기는 했죠. 나는 이 사단을 일으킨 나 자신에게도 화가 났어요. 파르나소스한테도 화가 났어요. 가까이에 절벽이라도 있었더라면 나는 이 오래 된 물건을 밀어버렸을지도 모를 일이었어요. 그러나 나는 지금 거기에 타고 있고, 계속 가야만 했죠. 나는 긴 비탈길을 천천히 올라갔어요. 마침내 파랗고 널따란 해협이 눈앞에 펼쳐졌어요. 그리고 포트비거가 눈에 들어왔죠.

파르나소스는 기분 좋은 삐걱 소리를 내며 나아갔습니다. 달콤한 햇빛, 시원한 공기가 나를 달래 주었어요. 바람결에서 소금기가 느껴졌어요. 초원 위 하늘에는 갈매기들이 원을 그리며 날고 있었죠. 여느 여자들도 그렇겠지만 나의 화는 금세 과장된 부드러움의 반응 속으로 녹아들었습니다. 어느새 내 마음은 앤드류와 미플린을 칭찬하고 있었어요. 여동생의 안녕과 명성을 그렇게 걱정해주는 오빠가 있다는 건 얼마나 좋은 일인가요! 그리고 그렇게 땅딸막한 교수가 있다는 건 또 얼마나 멋진 일인가요! 모욕에 대한 그의 분개는 신속했고, 뒤 이은 그의 복수는 대범했죠. 그의 괴상하고 작은 트위드 모자가 운전석에 놓여 있었어요. 그것을 집어 드니 묘한 기분이 들었죠. 안감이 닳고 찢어져 있었어요. 나는 밴에 있던 내 옷가방에서 휴대용 반짇고리를 꺼내왔어요. 페그가 느린 속보로 걷는 동안 나는 말고삐를 고리에 걸고 모자의 찢어진 데를 꿰매기 시작했습니다. 그러면서 미플린 씨가 이 '문화의 캐러밴' 속에서 살아온 진기한 인생에 대해 생각하자니 웃음이 나왔어요. 나는 그가 캠던에서 휘트먼을 추종하는 청중들을 앞에 놓고 연설하던 모습을 상상했고, 그 소동이 어떻게 마무리되었는지 궁금해졌습니다. 나는 그가 브루클린에서 머물 때의 모습, 프로스펙트 공원을 돌며 뜨내기손님들에게 좋은 책의 복음을 설교하던 모습을 상상했습니다. 문학에 대한 그의 전투적인 사랑은 앤드류의 고요한 만족의 문학과 어찌나 다르던지! 동시에 그들은 또 얼마나 닮은 점이 많던지! 미플린이 『시골의 행복』을 소리 내어 읽던 일, 그리고 그렇게 높이 칭송하던 일, 또 그 뒤에 바로 그 책의 저자에게 코피를 안긴 일을 생각하니 무척 재미있었어요. 그리고 앤드류에게 닭 모이를 주라고 말하는 걸 잊은 게 생각났어요. 겨울 내복을 챙기라고 말하지 않은 것도. 하여튼 남자들이란 얼마나 무력한 피조물들인지!

모자 수선을 마치자 나는 기분이 한결 좋아졌습니다.

모자를 내려놓자마자 뒤쪽에서 빠르게 걸어오는 발자국 소리가 들려왔어요. 돌아보니 미플린이 잰걸음으로 빠르르 걸어오고 있었어요. 벗겨진 정수리에는 작은 땀방울들이 송글송글 솟아 있었습니다. 그 뒤꿈치에는 보크가 열심히 따라오고 있었죠. 나는 페그를 세웠어요.

"다시 만났군요." 내가 말했어요. "앤드류는 어떻게 됐나요?"

교수는 아직도 약간 부끄러운 기색이었습니다.

"현자는 완강한 사람이에요." 그가 말했어요. "우리는 서로

분이 안 풀려 계속 다퉜죠. 사실대로 말하면, 우리는 또 한번 붙을 뻔했어요. 그때 메역취 가루가 날렸는지 그가 갑자기 재채기를 해대기 시작했고, 코피가 다시 흐르기 시작했죠. 그는 내가 악당이라고 믿었고, 실제로 그렇게 말했어요. 아주 우아한 산문투로 말이죠. 솔직히 나는 그를 대단히 존경합니다. 그는 나를 고발할지도 몰라요. 나는 할 테면 하라고 브루클린 주소까지 알려줬어요. 어쨌거나『시골의 행복』책에 저자 사인을 해달라고 한 건 잘한 일 같습니다. 배수로에 떨어져 있던 책을 찾았거든요"

"하여튼," 내가 말했어요. "두 사람 다 못 말리는 괴짜예요. 그러지 말고 두 분이서 무대에라도 오르지 그러세요? 아마 '웨버와 필즈*만큼 대단할 걸요? 그건 그렇고, 그래서 사인은 받았어요?"

그가 주머니에서 책을 꺼냈습니다. 앤드류가 연필로 휘갈겨 쓴 말은 이랬습니다. ―"미플린 씨를 위해 피를 흘린, 앤드류 맥길 드림."

"새로운 느낌으로 한번 더 읽어 보렵니다." 미플린이 말했어요. "그나저나 방향이 같으면 태워주시겠습니까?"

---

* 희극배우 조 웨버와 루 필즈의 코미디 팀이다.

"물론이에요." 내가 말했어요. "포트비거에 다 와가요."

그가 자리에 앉아 모자를 썼어요. 그러고는 전과 느낌이 달랐는지 다시 벗어서 들여다보더니, 아주 어색하게 나를 바라보았어요.

"당신은 아주아주 좋은 사람이에요, 맥길 양." 그가 말했습니다.

"앤드류는 어디로 갔나요?" 내가 물었어요.

"걸어서 셸비 쪽으로 갔죠. 보폭이 커서 그런지 씩씩하게 잘 걷더군요. 어제 오후에 감자를 삶으려고 불에 올려놓은 걸 깜빡했다면서 어떻게 되었는지 얼른 보러 가야겠다고 하더군요. 당신이 가끔 우편엽서라도 보내주길 바란답니다. 그거 알아요? 이제 앤드류 씨 하면 소로우가 생각나네요. 전보다 더요."

"나는 앤드류 씨 하면 다 타버린 솥이 생각나네요. 전보다 더요. 집에 갈 생각하니 겁부터 나는군요. 성한 주방도구가 하나도 남아 있지 않을 것 같아서요."

제8장

포트비거는 매혹적인 낡은 도시입니다. 해협 쪽으로 불거진 자리에 위치해 있고, 브루클린이 있는 롱아일랜드의 끝이 희미하게 보이죠. 그곳을 바라다보는 미플린의 눈이 빛났습니다. 예닐곱 척의 범선들이 만의 어귀를 따라 시원한 바람을 가르고 있었어요. 숨 쉴 때마다 해수의 기분 좋은 소금기가 느껴졌습니다.

우리는 곧장 역으로 갔고, 교수가 짐을 가지고 내렸어요. 우리는 보크가 교수를 따라나서지 못하도록 밴 안에 들여놓고 문을 닫았어요. 교수가 모자를 벗고 마차 옆에 섰습니다.

"자, 맥길 양!" 그가 말했어요. "내가 탈 급행열차는 다섯 시에 있습니다. 그러니까 운이 좋으면 오늘 안에 브루클린에 도착하겠죠. 내 동생 주소가 애빙던 가 600번지입니다. 현자한테 엽서 보낼 때 나한테도 한 장 보내주면 정말 고맙겠어요. 파르나소스가 그리울 거예요. 하지만 이 녀석을 다른 어느 누구도 아닌 헬렌 당신께 넘겨드리게 돼서 얼마나 다행인지 모릅니다."

그는 허리를 깊숙이 숙였어요. 그리고 내가 뭐라고 한 마디하기도전에 코를 팽 풀더니 빠르르 발걸음을 옮겼어요. 여행가방을 들고 열고나게 역사 안으로 들어기는 뒷모습이 보이더니 금세 사라졌죠. 나는 최근 몇 년 동안 앤드류하고만 지내다 보니 다른 사람의 기이한 행동에 잘 익숙해지지 않았어요. 그러나 이 작달막한 붉은수염이야말로 내가 만날 수 있는 낯선 사람 중에서 가장 기이한 존재일 것이라는 생각이 들더군요.

보크는 안에서 처량한 소리로 칭얼거렸고, 나는 포트비거에서 책을 팔 기분이 들지 않았습니다. 나는 마차를 돌려 시내로 향했어요. 한 찻집 앞에 파르나소스를 세우고 들어가 차와 토스트를 좀 들었어요. 밖에 나와 보니 구경꾼들이 모여 있더군요. 파르나소스가 신기해 보여서 온 사람도 있었고, 안에서 들라는 보크의 처량한 울음소리가 궁금해서 온 사람도 있었던 모양이었어요. 대부분 마차를 순회 동물원의 일부라고 생각하는 것 같았습니다. 그래서 하는 수 없이 나는 덮개를 올리고 보크를 마차 후미에 묶은 뒤, 사람들의 장난 섞인 질문에 답하기 시작했어요. 나는 책에 대한 별다른 설득은 하지 않았어요. 두세 명의 사람들이 책을 사갔어요. 내가 떠날 수 있기까지는 약간의 시간이 더 걸렸죠. 마침내 나는 얼른 밴을 닫고 그 자리를 벗어났어요. 아는 사람을 만날까 걱정되었기 때문이었어요. 우드브리지 길로 접어들 무렵, 뉴욕 행 다섯 시 기차의 기적소리가 들렸어요.

사비니 농장에서 포트비거까지의 약 30킬로미터 길에는 아는 사람들이 적지 않았어요. 그러나 지금 들어선 이 길은 다행스럽게도 태어나 처음 밟는 길이었어요. 가끔 보스턴에 갈 때는 포트비거에서 기차를 탔기 때문에 이 시골길은 다녀본 적이 없었죠. 아무튼 내가 이 우드브리지 길로 들어선 이유는 미플린이 말한 프랫 씨라는 농부 때문이었어요. 그의 집은 포트비거에서 5킬로미터 거리에 있었어요. 그는 교수에게서 예닐곱 차례 책을 구입했고, 교수는 그에게 다시 오겠노라 약속했다고 했어요. 그래서 나는 우량고객에 대한 의무로 그를 방문하지 않을 수 없었어요.

지난 이틀간 모험적인 일들을 겪고 난 터라, 혼자서 이것저것 생각할 시간을 가질 수 있는 게 좀 다행스러웠습니다. 나, 헬렌은 현재 평범하지 않은 상황에 놓여 있었죠. 사비니 농장 집에서 편안히 저녁을 들 시간에, 낯설고 물선 길을 터덜터덜 걷고 있었어요. 세상에 하나뿐일 이 파르나소스의 주인으로서, 한 마리 말과 한 마리 개와 한 수레 분량의 책과 함께 말이에요. 어제 아침부로 나의 인생은 그동안의 익숙했던 궤도에서 벗어났어요. 나는 모아두었던 돈 400달러를 썼고, 약 13달러어치의 책을 팔았죠. 나는 어떤 몸싸움의 원인을 제공했고, 어떤 철학자를 만났어요. 나는 아직은 희미하지만 나 자신의 새로운 철학을 펼치기 시작했어요. 그리고 이 모든 게 앤드류가 더 많은 책을 사지 못하도록 하기 위해서였어요! 어쨌든 그 목적은 이루었죠. 우여곡절 끝에 그가 아 파르나소스를 보게 됐을 때, 그는 이걸 거의 쳐다보지도 않았어요. 멸시할 때를 제외하고 말이죠. 문득 나는 교수가 자기 책에서 그 사건을 언급할지 어떨지 궁금해졌고, 그의 책을 한 권 받아보고 싶은 마음이 생겨났습니다. 하지만 그가 책에서 그 사건을 언급할 이유가 있을까? 그에게 그 일은 천 가지 만 가지 모험 중 하나였을 뿐이고, 그가 앤드류에게 화내며 말했던 것처럼 그와 나는 아무런 관계도 없는 사이인데. 그나저나 이번이 나의 '명시선집'인가 뭔가 했던 15년 만에 갖는 첫 번째 모험이라는 것을 그는 어떻게 알았을까? 아무튼 참 재미있는 생강과자 같은 사람 같으니!

  나는 보크의 줄을 뺀 뒤에 묶었습니다. 혹시 주인을 찾아 나설지도 모르기 때문이었죠. 떨어지는 해의 비스듬한 빛살 속을 터덜거리며 가자니 나는 좀 외로워졌어요. 사실 이 외로운 방랑 사업은 느닷없는 것이었죠. 15년 동안이나 집안에서만 지낸 터라 더욱 그랬어요. 길은 해변에 가까웠어요. 해협이 진한 청색에서 짙은 자주색으로 바뀌는 것을 보았습니다. 파도가 부딪는 소리가 들렸고, 멀리 롱아일랜드의 끄트머리에서는 등대가 홍옥색으로 깜빡거렸습니다. 나는 급행기차를 타고 뉴욕을 향해 포효하며 가고 있을 작은 생강과자를 떠올렸습니다. 그는 특별객차를 탔을까, 일반객차를 탔을까. 파르나소스의 딱딱한 의자에 시달렸을 걸 생각하면 특별객차 의자가 더 편안할 텐데.

우리는 프랫 씨의 집으로 짐작되는 농가로 차츰 다가갔습니다. 농가는 길가에 접해 있었고 집 뒤쪽으로 붉은색 지붕의 커다란 헛간이 보였어요. 헛간 지붕에는 질주하는 말의 형상을 붙인 금빛 풍향계도 달려 있었습니다. 흥미롭게도 페그는 이 장소를 알아차리는 모양이었어요. 입구에서 안쪽을 향해 '히이잉!' 하고 힘차게 울었거든요. 틀림없이 교수가 여러 차례 들렀던 장소였어요.

불 켜진 창문 너머로 식탁에 둘러앉은 사람들이 보였어요. 온 가족이 저녁식사를 하는 게 분명했죠. 나는 마당 안으로 들어섰어요. 누군가 창문으로 내다보며 말했습니다.

"아빠! 파르나소스가 왔어요!"

나는 생강과자가 이 농장에서 얼마나 열렬한 환영을 받는 방문자였는지 알 수 있었어요. 파르나소스가 왔다는 소리에 모든 가족이 한순간에 식기를 내려놓고 의자를 뒤로 밀치며 우당탕탕 달려 나왔으니까요. 맨앞에는 칼라 없는 깨끗한 셔츠 차림의

키 크고 검게 그을린 남자, 그 다음은 나하고 비슷한 정도로 체격이 우람한 여자, 그리고 그 다음은 일꾼으로 보이는 남자와 세 명의 아이들이었죠.

"안녕하세요?" 내가 말했어요. "여기가 프랫 씨네 댁이죠?"

"틀림없습니다!" 그가 말했어요. "어서 오세요. 그런데 교수는 안 보이네요?"

"교수는 지금 브루클린으로 가는 중입니다. 제가 교수한테서 파르나소스를 넘겨받았습니다. 그가 다른 사람은 몰라도 프랫 씨는 꼭 만나봐야 한다고 해서 이렇게 찾아왔습니다."

"어머! 세상에, 소식 궁금했어요!" 프랫 부인이 외쳤습니다. "이제 파르나소스가 여인천하가 된 거예요? 호호. 벤, 당신이 이 동물들 자리 좀 봐줘요. 나는 미플린 부인 식사를 챙길게요."

"잠깐만요." 내가 말했습니다. "제 이름은 맥길이에요. 맥길 양이라고 불러주세요. 보세요, 마차에 제 이름이 씌어 있죠. 저는 미플린 씨한테 이 장비를 샀을 뿐입니다. 전적으로 사업상 거래로 말이죠."

"네, 네, 알겠어요." 프랫 씨가 말했어요. "우리는 교수 친구라면 누구라도 다 반갑습니다. 그가 같이 오지 못한 게 아쉬울 뿐이죠. 자, 안으로 들어가 뭘 좀 같이 드십시다."

벤 프랫 부부는 더 이상 그럴 수 없이 마음 따뜻한 사람들이었습니다. 프랫 씨는 페그와 보크를 헛간으로 데려가 저녁을 주었고, 프랫 부인은 내가 씻을 수 있도록 손님용 침실로 안내하더니 더운 물을 한 항아리 가져다주었습니다. 그러고 나서 그들은 다시 식당방으로 돌아와 저녁을 계속 들기 시작했어요. 나는 자칭 '농장요리 감별가'로 자처하는 사람인데, 프랫 부인을 '최상' 등급의 주부라고 칭찬하지 않을 수 없었습니다. 그녀의 비스킷은 완벽했어요. 커피도 끓인 것이 아니라 우려낸 진짜 모카 커피였고요. 콜드소시지와 감자 샐러드는 내가 이제껏 앤드류에게 해준 그 어느 것보다 맛있었습니다. 그리고 그녀는 나를 위해 김이 모락모락 나는 오믈렛을 해주었고, 손수 만든 딸기쨈 한 통을 따주었어요. 아이들(사내애 둘과 여자애 하나)은 팔꿈치로 서로 찔러대며 신나게 떠들었죠. 프랫 씨는 내가 배절임과 크림과 초콜릿케이크로 마무리 하는 동안 담배를 꺼주었습니다. 정말 맛있는 식사였어요. 나는 앤드류 생각이 났습니다. 그는 무엇을 먹고 있을까. 붉은 암탉이 늘상 알을 낳는 나무말뚝 뒤의 둥지를 못 본건 아닐까.

"자, 자! 교수 얘기 좀 들려줘요." 프랫 씨가 말했습니다. "가을엔 꼭 올 거라고 믿었는데요. 사과주스 담글 때면 어김없이 왔었거든요."

"제가 말씀드릴 수 있는 게 많지 않습니다." 내가 말했어요.

"교수가 어제 우리 집에 와서는 자기 장비를 팔고 싶다고 했어요. 제가 그걸 샀고요. 교수는 꼭 브루클린으로 돌아가 책을 쓰고 싶다고 했어요."

"책을 쓴다고요!" 프랫 부인이 말했어요. "그 얘길 여러 번 했죠. 이제야 드디어 시작한 모양이네요."

"그나저나 어디쯤에서 오셨죠, 맥길 양?"

프랫 씨가 물었습니다. 나 같은 여자 혼자서 책 실은 마차를 몰고 시골을 돌아다니는 게 여간 이상해 보이지 않았겠죠.

"레드필드요." 내가 말했어요.

"아! 그 쪽에 어떤 작가 분이 산다던데, 혹시 아니요?"

"앤드류 맥길 씨 말인가요?" 내가 말했습니다. "잘 알죠. 제 오빠예요."

"어머나, 이런!" 프랫 부인이 외쳤어요. "교수가 그 분 얘기를 입이 닳도록 했거든요. 여기 오면 우리가 곯아떨어질 때까지 그 분의 책들을 읽어주죠. 그 분이야말로 우리나라 최고의 작가래요. 내 생각도 그래요."

나는 속으로 미소를 지었습니다. 셸비에서 오는 길에 그 둘이서 치고받고 했던 일이 떠올랐기 때문이죠.

"여하튼," 프랫 씨가 말했어요. "교수가 이 근방에 우리보다 좋은 친구들이 많다니 좋습니다. 교수가 여기 처음 온 게 4년 전인가 그래요. 그날 오후 나는 저 위 풀밭에서 작업을 하고 있었는데, 물레방아 연못에서 무슨 외치는 소리가 들리는 거예요. 무슨 일인가 내려다보니까 애들이 팔을 흔들면서 외치더군요. 그래 언덕 아래로 냅다 달려와 보니까, 교수가 우리 이들 딕을 물속에서 막 건져내고 있었어요. 여기 이 녀석이 바로 그 딕입니다."

열세 살쯤 되어 보이는 꼬마 딕의 주근깨 난 뺨이 발그레해졌어요.

"애들이 멍청하게 연못에서 뗏목놀이 같은 걸 했던 모양이에요. 그러다 이 녀석 딕이 넘어져 깊은 물에 빠졌죠. 애 엄마가 달려왔지만 수영의 수자도 모르긴 마찬가지였죠. 발을 동동 구르며 외치는데, 마침 교수가 저 버스를 몰고 우연히 근처를 지나다가 그 소릴 들은 거죠. 교수는 침팬지처럼 날쌔게 마차에서 뛰어내려 울타리를 넘어서는 곧장 연못으로 뛰어들어서 저 애를 끌고 나왔어요. 그러니까 교수는 저 녀석 생명의 은인이에요. 그 남자는 내가 잠들 때까지 시를 읽어줄 수 있는 사람이에요. 완전히 소형 폭죽 같은 사람이죠, 교수는."

농부 프랫 씨는 파이프를 깊게 빨아들였습니다. 방랑하는 서적판매상에 대한 우정이 그의 인생의 한 리얼리티임이 분명하다고 나는 생각했습니다.

"맞아요, 맥길 양." 그는 계속했어요. "교수는 나하고 좋은 친구로 지내오고 있어요. 틀림없죠. 애는 허우적거리며 물속으로 세 번이나 가라앉았고, 교수는 애를 찾으려고 잠수를 해야 했어요. 밖으로 끌고나왔을 때 애는 의식이 없었죠. 우리는 교수와 애를 집안으로 데리고 들어왔어요. 애를 설탕통에 굴리고, 침대에 눕혀 입에 위스키를 붓고, 팔다리를 주무르고, 보온담요로 덮어주었죠. 그랬더니 차츰 의식이 돌아오데요. 그러고 나서 교수를 보니까, 다리에 글쎄 손가락 네 개가 들어갈 만큼 큰 구멍이 나 있는 거예요! 가시철망 울타리 넘을 때 째진 거였죠. 바지가 피로 홍건했는데, 교수는 아무 소리 내지 않더군요. 체구도 작은 사람이 어디서 그런 용기와 담력이 나오는지, 원! 하여튼 그를 침대로 눕히는데, 그때 아내가 뒤로 쓰러졌어요. 아내도 침대에 눕혔죠. 셋씩이나 눕혀놨을 때 의사가 도착했어요. 정말 끝내주는 늦여름 오후였죠! 하지만 교수는 침대에 오래 누워 있지도 않았어요. 다음날 밖에 나가더니 시집을 하나 들고 들어와서는 우리를 모아놓고 훌륭한 문학에 대해 일장 설교를 했어요. 전도사처럼 말이에요. 우린 그가 들려주는 시를 들으면서 하나같이 꾸벅꾸벅 졸았어요. 그랬더니 안 되겠다 싶었는지 이번에는 『보물섬』을 읽어주기 시작하더군요. 맞지, 여보? 신기하게도 그 책에 대해선 아무도 안 졸았어요. 그가 애들한테 책을 읽어주기 시작한 뒤로 애들도 책에 재미를 들였고, 딕은 지금 학교에서 아주 이름을 날리고 있어요. 선생님이 그렇게 책 읽기 좋아하는 애는 처음 봤대요. 그게 바로 교수가 우리한테 해준 일이에요! 자, 이제 당신 얘기 좀 들어봅시다, 맥길 양. 우리한테 소개해 줄 책이 있나요? 우리 아버지가 셰익스피어에 대해 귀가 닳도록 얘기하셔서 교수한테 한 권 줘보라고 그렇게 애원했는데, 교수는 나한테 너무 어렵다고 안 줍디다."

미플린에 대한 이야기를 들으니 나는 기분 좋은 흥분과 설렘이 느껴졌습니다. 그 능란한 작은 남자가 달변과 열성으로 순진한 프랫 씨 가족을 사로잡는 장면을 나는 충분히 상상할 수 있었어요. 연못에 뛰어든 이야기도 의미가 적지 않았습니다. 작달막한 붉은수염은 단순한 괴짜 떠돌이가 아니었어요. 그는 냉정하고 투철한 두뇌에다 영웅의 면모까지 갖춘 진짜 남자였어요. 웃음을 짓게 만들던 그의 어투를 떠올리자 갑자기 내 속에서 뭔가 뜨거운 것이 올라와 목울대를 적셨습니다.

프랫 부인은 프랭클린 난로에 불을 붙였습니다. 나는 어떻게 해야 교수의 발자국을 잘 따라갈 수 있을지 고민이 됐어요. 마침내 나는 파르나소스에서 『정글북』을 가져와 그들에게 『리키 티키 타비』 이야기를 들려주었습니다. 내가 읽기를 마치자, 가족들은 한동안 말을 잇지 못했습니다.

"아빠! 그런데요," 딕이 수줍게 말했어요. "몽구스가 교수님이랑 비슷하지 않아요?"

이 가족에게 교수는 확실히 이름 난 영웅 수준의 사람이었어요. 나는 그가 좀 사기꾼 같다는 생각이 들기 시작했습니다.

나는 좀 무리인 줄 알면서도 그날 밤 안에 우드브리지로 가야겠다고 이미 마음을 먹고 있었어요. 5킬로미터쯤 되는 거리였고, 아직 8시를 많이 넘지 않은 시각이었으니까요. 나는 내가 아직 교수의 화려한 영향력 안에서 놀고 있는 것 같다는 짜증 아닌 짜증이 들었습니다. 프랫 씨 가족이 다른 말을 더 보태지 않는다 쳐도, 나는 내가 단지 교수의 문하생으로가 아니라 나 자신만의 가치를 가진 사람으로 평가받을 수 있는 곳으로 가고 싶었어요.

'징그러운 붉은수염 같으니.' 나는 생각했어요. '그가 이 사람들을 홀려놓은 게 분명해.'

나는 그들의 만류와 하룻밤 묵어가라는 초대도 뿌리치고 페그를 마차에 매겠다고 고집했습니다.

나를 반갑게 환대해준 데 대한 작은 보답으로 나는 그들에게 『정글북』한 권을 주었습니다. 그리고 프랫 씨에게는 『찰스 램의 셰익스피어 이야기』한 권을 팔았어요. 그 정도면 프랫 씨가 그다지 머리를 쓰지 않고도 읽을 만할 것이었어요. 그러고 나서 나는 랜턴을 켜고 작별인사의 메아리를 뒤로 하며 파르나소스를 몰았어요.

"흥! 고약한 생강과자 같으니!" 나는 간선도로에 들어서면서 혼잣말로 한번 더 말했습니다. "사람들 혼을 빼놓는 게 아니고 뭐야…… 그나저나 지금쯤 브루클린에 거의 도착했겠네."

길은 적이 적막했고, 어둠이 짙게 깔려 있었습니다. 구름이 잔뜩 끼었는지 별도 달도 보이지 않았어요. 곧게 뻗은 길이라 어려움은 없었는데, 깜빡 잠이 들었던 모양이었어요. 정신을 차리고 보니 페그가 엉뚱한 길로 가고 있었습니다. 시간은 얼추 9시 반쯤 된 듯한데, 파르나소스는 간선도로라고 보기 힘든 거친 길을 가고 있었죠. 전신주도 없는 길이었어요. 길을 잘못 든 게 분명했어요. 나는 간선도로가 완공된 걸 알고 있었거든요. 나는 내가 틀릴 수 있다는 사실을 인정해야 하나 말아야 하나 잠시 망설였어요. 그때 페그가 심하게 휘청거리더니 멈춰 섰습니다. 나의 신호나 지시를 전혀 듣지 않았죠. 나는 랜턴을 들고 내려서 길 여기저기를 살펴보았어요. 페그의 발에서 피가 보여 자세히 보니, 편자가 없었습니다. 어디선가 편자가 빠졌고, 그 상태로 페그가 못 같은 것에 속살을 찔린 모양이었어요. 나는 꼼짝없이 그 자리에서 밤을 지내는 수밖에 도리가 없었습니다.

이것은 물론 유쾌한 일은 아니었어요. 그러나 그날의 모험은 나에게 참는 마음을 갖게 했어요. 나는 불평은 아무 쓸모가 없음을 깨달았어요. 나는 페그를 마차에서 끌러 발을 닦아 주고, 나무에 매어 주었습니다. 나는 내가 있는 곳이 어딘지 알아보기 위해 주위를 좀 더 찬찬히 둘러보려 했어요. 그러나 이내 후두두 소리를 내며 비가 쏟아지기 시작했습니다. 나는 얼른 파르나소스로 기어 올라가 보크를 안고 흔들 램프에 불을 붙였어요. 시간은 거의 10시가 다 됐을 때였죠. 잠자리에 드는 것 말고는 다른 일이 없었기에, 나는 신발을 벗고 침상에 드러누웠어요. 보크는 밴의 복도에 편안한 자세로 엎드렸어요. 나는 잠깐 책을 읽을 생각이었고, 그래서 램프를 끄지 않았어요. 하지만 나는 거의 즉시 잠에 빠져 들고 말았죠.

그러다 11시 반쯤인가 깨어 램프를 껐어요. 램프 덕에 약간의 훈기가 있었어요. 나는 앞과 뒤의 창문을 조금 열었습니다. 문도 열어둘까 했지만, 보크가 나갈까봐 그러지 않았어요. 비는 조금씩이나마 계속 내리고 있었어요. 짜증스럽게도 잠이 잘 오지 않았죠. 나는 한동안 지붕과 채광창 위로 떨어지는 빗소리를 들었어요. 따뜻하고 편안한 상태였다면 아늑하게 느껴질 법한 소리였습니다. 이따금씩 페그가 나무 옆의 덤불을 밟는 소리가 들렸어요. 막 다시 잠이 들려는 참에, 보크가 갑자기 낮게 으르렁 소리를 냈어요.

나만한 몸집의 여자는 긴장을 잘 안하는 편이라고 할 수 있겠죠. 하지만 느닷없이 안전이 위협받는 상황에 처한다면 어느 누군들 긴장하지 않을 수 있겠어요. 빗방울 떨어지는 소리는 더욱 굵어졌고, 나에게는 수십 가지 공포가 밀려왔습니다. 나는 완전히 혼자였고 아무 무기도 없었잖아요. 보크도 큰 개가 아니었고요. 보크가 다시 으르렁거렸어요. 내 심장은 더 졸아들었어요. 누군가가 덤불 사이를 살금살금 걷는 듯한 소리가 들렸습니다. 페그가 무엇엔가 놀랐는지 코를 힝힝거렸어요. 나는 손을 보크에게로 뻗었어요. 보크의 목털이 싸움닭처럼 뻣뻣해져 있었어요. 보크가 괴상한 소리를 냈어요. 으르렁거리는 것도 같고 칭얼거리는 것도 같은 소리였어요. 그 소리에 나는 더 소름이 돋았어요. 무엇인가가 밴 주위를 살금살금 돌아다니는 것 같았는데, 빗소리 때문에 잘 분간하기 어려웠어요.

뭔가 조치를 취해야 했습니다. 그러나 소리를 외쳐 봐야 밴 안에 여자 혼자뿐이라는 사실만 알려주는 꼴이 되지 않을까 걱정이었어요. 터무니없는 방책이었지만, 어쨌든 그것은 행동하려는 나의 욕구를 채워줄 터였어요. 나는 부츠 한 짝을 들고 바닥을 쾅 하고 내리쳤습니다. 동시에 나는 최대한 깊고 남자 같은 목소리로 이렇게 으르렁거렸죠. "도대체 왜 그래? 뭐가 문제야?" 아마 누가 들었다면 대단히 웃긴다고 했을 거예요. 하지만 그렇게라도 하는 게 조금은 도움이 되었어요. 보크도 잠시 으르렁거리기를 멈추었으니 조금은 목적을 이룬 것이었죠.

나는 심장이 뛰어서 꽤 오랫동안 잠들지 못하고 누워 있었습니다. 그러다 차츰 흥분이 잦아들기 시작했고, 나도 모르게 거의 눈이 감겨오고 있었죠. 그때 다시 나를 깨운 건 보크가 꼬리로 바닥을 치는 소리였어요. 그것은 분명 기쁨의 표시였어요. 나는 보크가 아까 으르렁거릴 때만큼이나 당황스러웠죠. 나는 겁이 나서 빛을 비추지 않았지만, 보크가 밴의 문에 코를 대고 쿵쿵거리며 자꾸만 낑낑대는 소리를 들을 수 있었어요. 묘한 일이었어요. 나는 다시 한번 침상에서 살금살금 기어서 이번에는 프라이팬으로 바닥을 있는 힘껏 내리쳤습니다. 그러자 이 세상 소리 같지 않은 기이한 소리가 울렸어요. 밖에서 페그가 '히이잉' 하며 코를 힝힝거렸어요. 보크도 다시 짖어댔고요. 불안 속에서도 나는 거의 웃음소리를 낼 뻔했어요. '이건 거의 정신병원에서 나는 소리잖아!' 나는 생각했습니다. 그리고 이 소란을 일으킨 건 아마 작은 동물일 것이라고 생각했어요. 보크가 냄새를 맡아 추적의 욕구를 느낀 토끼나 스컹크 말이에요. 나는 보크를 쓰다듬었어요. 그리고 다시 한번 침상 속으로 기어들어갔죠.

그러나 나의 진짜 흥분은 얼마 뒤 다시 찾아왔어요. 30분쯤 뒤에 나는 밴 옆에서 분명한 사람 발자국 소리를 들었습니다.

보크가 심하게 으르렁거렸고, 나는 공포에 떨며 누워 있었어요. 무엇인가가 바퀴를 삐걱거리게 했어요. 그러더니 아주 괴상한 소리가 났죠. 빠른 발자국 소리가 들렸고 페그가 칭칭거리는가 싶더니 무엇인가가 마차 뒷부분에 둔탁하게 부딪쳤습니다. 바닥에서 격렬한 실랑이 같은 게 벌어졌고, 퍽퍽 하며 치는 소리와 격한 숨소리가 들렸어요. 나는 쿵쾅거리는 심장을 간신히 눌러가며 뒷창문 중 하나로 빼꼼히 내다봤어요. 밖은 거의 아무런 빛도 없었습니다. 다만 땅바닥에서 꿈틀대며 발버둥치는 한 덩어리만이 희미하게 보일 뿐이었어요. 무엇인가가 뒷바퀴를 쳐서 파르나소스가 흔들거렸어요. 거친 욕설도 들렸어요. 그리고 무엇인지 모를 그 덩어리가 데굴데굴 덤불 속으로 굴러갔습니다. 뒤이어 나뭇가지가 심하게 부러지고 꺾어지는 소리가 들렸어요. 보크가 칭칭거렸고, 으르렁거렸고, 문을 마구 긁어댔어요. 그러더니 잠시 뒤 잠잠해졌습니다. 이제 아무 소리도 들리지 않았죠.

  나는 숨이 막히고 심장이 맺을 것 같았어요. 어릴 적 가위에 눌린 이후로 이렇게 놀란 건 처음이었어요. 공포의 땀방울이 등줄기로 흘러내렸고, 머리칼은 죄다 곤두선 것 같았습니다. 나는 보크를 침상으로 끌어당겼고, 한쪽 팔에 목을 대주었어요. 보크도 몹시 놀랐는지 이따금씩 조심스레 칭얼거렸어요. 그러더니 마침내 숨을 한번 몰아쉬고는 잠이 들었어요. 아마 두 시쯤 되었을까요. 불을 켜고 싶진 않았어요. 그리고 이내 나도 졸음에 빠져 들었어요.

내가 눈을 떴을 때는 해가 눈부시게 빛나고 하늘이 새들의 지저귐 소리로 가득 찼을 때였습니다. 입었던 옷을 그대로 자서 그런지 몸이 뻣뻣하고 뻐근했어요. 발은 보크의 무게 때문에 약간 저렸어요.

나는 몸을 일으켜 창밖을 내다보았습니다. 파르나소스가 서 있는 곳은 자작나무 숲가의 좁다란 소로였어요. 땅은 질척거렸고, 밴 뒤에는 발자국이 어지러이 찍혀 있었죠. 나는 문을 열고 밖으로 나와 주위를 둘러보았습니다. 내 눈에 가장 먼저 들어온 건 바퀴 옆에 떨어진 짓이겨진 트위드 모자였습니다.

제9장

나는 몹시 혼란스러웠어요. 그러니까 교수는 브루클린으로 가지 않은 게 분명했어요! 그런데 그는 왜 탐정처럼 내 뒤를 밟았을까? 혹시 파르나소스에 대한 향수 때문에? 설마, 그건 아닐 것 같았습니다. 그리고 간밤에 들었던 그 괴상한 소리는 무엇이었을까? 혹시 부랑자들이 나를 약탈하려고 밴 주변을 어슬렁거렸던 걸까? 그들이 미플린을 공격한 걸까? 아니면 반대로 미플린이 그들을 혼내준 걸까? 과정이야 어쨌든, 결과는 어찌됐을까?

나는 진흙 묻은 모자를 집어서 밴 안으로 던졌습니다. 어쨌든 내가 해결지어야 할 문제가 생긴 것이었고, 뭔지는 모르지만 교수와 관련된 문제가 더 생길 가능성도 있었습니다.

페그는 나를 보자 히잉거렸어요. 나는 그의 발을 들여다보았습니다. 환한 데서 보니 문제가 무엇인지 금세 알 수 있었어요. 길고 뾰죽한 점판암 조각 하나가 발굽 중앙의 연골에 박혀 있었죠. 이 길이 옛 채석장 같은 데로 이어지는 모양이었습니다. 점판암 조각을 빼내는 건 어렵지 않았어요. 작은 석유난로로 물을 데워 상처 부위를 미지근한 물로 씻은 뒤 발굽에 헝겊을 덧대주었습니다. 편자를 다시 박으면 될 것 같았죠. 그런데 편자가 어디서 빠졌을까?

나는 말에게 귀리를 좀 먹이고 계란 하나와 커피 한 잔을 조리했습니다. 보크에게는 개 먹이용 비스킷을 주었어요. 파르나소스에 장비가 얼마나 잘 구비되어 있는 다시 한번 감탄했죠. 팬을 닦는 일은 보크가 도와주었습니다. 모자를 보여주자 보크는 코를 킁킁거리더니 꼬리를 연방 흔들어댔어요.

내가 할 수 있는 유일한 일은 파르나소스와 동물들을 현재 위치에 놔두고 프랫 씨 농장으로 가 도움을 청하는 것이었습니다. 페그더러 다친 발에 편자도 없이 걸으라고 할 수는 없는 노릇이었으니까요. 프랫 씨가 기꺼이 편차를 팔고 고용인을 보내 편자 박는 일을 도와줄 것이라는 사실엔 의심의 여지가 없었고, 또 파르나소스에 별일이 생길 것 같지도 않았습니다. 나는 보크의 줄을 계단에 묶으며 보초의 임무를 주었어요. 그리고 지갑과 교수의 모자를 손에 들고 밴의 문을 잠근 다음, 왔던 길을 따라 출발했습니다. 보크는 내가 떠나는 걸 보더니 목으로 줄을 당기며 낑낑거렸어요. 하지만 나로서는 다른 방도가 없었죠.

길은 1킬로미터가 채 안 되는 곳에서 간선도로로 이어졌습니다. 내가 졸았던 게 분명했어요. 그러지 않고서야 페그가 이렇게 길을 잘못 들게 놔두었을 리가 없었으니까요. 나는 페그가 왜 방향을 바꾸었는지는 알 수 없었어요. 다리를 다쳐서 샛길 쪽이 더 쉬기 좋을 것으로 여겼을 수도 있었겠죠. 페그는 분명 야외 숙영에 잘 적응되어 있었어요.

나는 나의 모험에 대해 생각하며 성큼성큼 걸었습니다. 그리고 우드브리지에 도착하면 아무래도 피스톨을 하나 사야겠다고 마음먹었어요. 나는 그때 내가 책을 한 권 쓸 수 있겠다는 생각을 처음 했습니다. 이미 이 모험에 대해 어느 정도 적응이 되어가고 있다는 느낌이었어요. 적응력이 좋은 사람은 새로운 삶의 방식에 익숙해지는 데 오래 걸리지 않지요. 더구나 농장의 단조로운 나날살이는 파르나소스로 여행하는 것에 비하면 지극히 평범했지요. 우드브리지를 넘어가면, 그리고 강을 건너가면, 나는 열심히 책을 팔 수 있을 것 같았습니다. 그리고 노트를 한 권 사서 내 경험을 써나갈 수 있을 것이었죠. 책 파는 일이 여자에게 적합한 직업이라고 많이들 말하지만 그 일에 대한 나의 취향은 아마도 독특할 것이라고 생각했습니다. 어쩌면 나는 앤드류의 책에 견줄 만한, 그리고 미플린의 책과도 견줄 만한 책을 쓸 수 있을지도 모르는 일이었어요. 결국 생각은 다시 바르바로사*에 이어졌습니다. 내게는 그가 모든 비범한 사람들 중에서도 특히 비범한 사람이라는 생각이 들었습니다.

그런 생각을 하며 막 모퉁이를 도는 순간, 횡목 울타리 위에 앉아 있는 미플린의 모습이 보였습니다. 그의 머리가 햇빛을 받아 빛나고 있었죠. 갑자기 내 심장이 빠르게 뛰기 시작했습니다. 나는 그때 내가 교수를 좋아한다는 걸 알게 되었던 것 같아요. 그는 뭔가를 손바닥에 올려놓고 들여다보고 있었습니다.

"어머! 일사병 걸리겠어요." 내가 말했습니다. "자, 당신 모자예요." 나는 주머니에서 모자를 꺼내 그에게 건넸습니다.

"고맙군요." 그가 담담한 목소리로 말했어요. "이건 당신 말의 편자예요. 공정한 교환이죠?"

나는 웃음을 터뜨렸는데, 그는 내가 보기에 좀 당황해 하는 것 같았습니다.

"지금쯤 당신이 브루클린에 있을 줄 알았는데요." 나는 말했어요. "애빙던 가 600번지에서 제1장을 쓰면서 말이죠. 어떻게 이 길로 나를 따라온 거죠? 어젯밤엔 무서워서 죽는 줄 알았어요. 내가 페니모어 쿠퍼의 여주인공이라도 된 줄 알았단 말이에

---

* '붉은수염'이라는 이탈리아어다.

요. 머리가죽 벗기는 인디언들이 소리 없이 다가오는 요새에 꼼짝없이 갇힌 그런 심정이었다고요."

그의 얼굴이 붉어졌습니다. 그리고 무척 편치 않아보였습니다.

"미안해요." 그가 말했어요. "당신 눈에 띄는 건 나의 의도가 아니었어요. 나는 뉴욕 행 표를 끊고 짐 검사까지 마쳤었죠. 그랬는데, 기차를 기다리며 생각해보니 당신 오빠 말이 맞다는 생각이 드는 겁니다. 당신이 혼자 파르나소스를 몰고 이륜마차 시합에 나가는 건 적잖이 위험하다는 생각이 든 거죠. 무슨 일이라도 생기면 어쩌나 걱정이 됐습니다. 그래서 당신 뒤를 따라왔죠. 눈에 띄지 않게 조심하면서요."

"내가 프랫 씨네 있을 때 어디 있었어요?"

"그 집에서 멀지 않은 길가에 앉아서 빵과 치즈를 좀 먹었죠. 시를 하나 쓰면서요. 아주 드문 일이지만." 그가 말했습니다.

"혹시 귀가 간지럽지 않던가요?" 내가 말했어요. "프랫 씨네 식구들이 당신을 영웅처럼 칭송하던데요."

그는 전보다 더 편치 않은 기색이었습니다.

"글쎄요," 그가 말했어요. "아마 뭔가 잘못되었겠죠. 하지만 어쨌든 나는 당신 뒤를 따라갔어요. 당신이 샛길로 잘못 들어갔을 때, 나는 당신 뒤에 바짝 붙어 있었죠. 내가 이쪽 동네를 좀 아는데, 공교롭게도 그 샛길 위쪽에는 낡은 채석장에서 어슬렁거리는 떠돌이 일꾼들이 많거든요. 나는 그놈들이 당신에게 지분거릴까 걱정됐죠. 아마 당신은 근방에서 거기보다 더 나쁜 야영지는 찾기 어려웠을 거예요. 조지 엘리엇의 이름으로 말하건대 프랫은 당신에게 그 점을 경고했어야 해요. 어쨌거나 나는 당신이 프랫 씨 집에서 하룻밤 묵지 않고 나온 이유를 모르겠어요."

"꼭 알고 싶다면 말해 드리죠. 난 그 집 식구들이 당신을 너무 추켜세우는 게 듣기 싫더라고요."

그는 약간 화가 나는 모양이었어요.

"당신을 놀라게 한 건 미안해요." 그가 말했습니다. "페그의 편자가 떨어진 걸 봤는데 내가 그걸 고칠 수 있도록 해주면, 더 이상 당신을 괴롭히지 않을게요."

우리는 다시 뒤로 돌아 걸었어요. 그때 그의 오른쪽 뺨을 볼 수 있었는데, 귀 밑으로 시퍼런 멍자국이 보였어요.

"얼굴을 맞은 걸 보니," 내가 말했습니다. "그 부랑자인가 뭔가 하는 자가 앤드류보다 싸움을 더 잘하는 놈이었나 보네요. 늘 그렇게 싸움을 하나요?"

그의 얼굴에서 짜증기가 가셨습니다. 분명히 교수는 좋은 책을 좋아하는 것만큼이나 싸움을 즐기는 것 같았어요.

"지난 24시간 동안의 내가 나의 전부라고 보지 말아주세요." 그가 씩 웃으며 말했습니다. "아마 내가 숙녀의 수행기사가 되는 데 아직 익숙지 않아 책임감을 너무 과하게 느껴서 그러는가 봅니다."

나는 이 용감한 작은 남자가 행여 있을지도 모르는 만약의 사태에 대비해서 나를 지키느라 밤새 빗속에 있었다는 걸 비로소 깨달았어요. 그리고 그 점은 용서받지 못할 정도의 나의 불찰 때문이었죠.

"잠은 어떻게 잤어요?" 나는 미안한 마음에 물었어요.

"채석장이 바라다 보이는 들판에 5성급 건초더미가 있더군요. 나는 가끔 건초더미 속이 하숙집보다 편합니다."

"어머!" 내가 말했어요. "용서받지 못할 내 실수 때문에 고생하셨네요. 미안하고 고마워요. 감기 안 걸리게 모자 쓰세요."

우리는 몇 분 동안 말없이 걸었어요. 나는 곁눈질로 그를 살폈어요. 부랑자들과 몸싸움을 벌인 데다 밤새 축축한 데서 있었으니 심한 감기에 걸렸을 수도 있으니까요. 다행히 그는 전과 다름없이 퍽이나 쾌활했어요.

"서적판매인의 야생 생활을 겪으니 어때요?" 그가 말했습니다. "조지 보로 읽은 적 있죠? 그러면 아마 이 파르나소스를 좋아했을 거예요."

"아까 당신을 만났을 때, 어쩌면 나의 이 모험에 관한 책을 쓸 수 있을 것 같다고 생각하고 있었어요."

"좋죠!" 그가 말했습니다. "우리 협동합시다."

"우리가 협동해야 할 더 급한 일이 있어요." 내가 말했어요. "아침식사예요. 아직 아무것도 못 먹었죠?"

"네." 그가 말했습니다. "안 먹었죠. 나는 내가 믿음을 줄 수 없다는 걸 알 때는 거짓말 안 합니다."

"나도 안 먹었어요." 내가 말했어요. 나는 이 거짓말이 이 작은 남자의 헌신에 대한 보답으로 내가 할 수 있는 최소한의 일이라고 생각했어요.

"좋아요. 배가 고팠는데 잘 됐―"

그가 멈추었어요. "잠깐만요! 이거 보크가 짖는 소리 아닌가요?" 그가 날카로운 소리로 물었습니다.

우리는 쉬엄쉬엄 걸었기 때문에 아직 간선도로에서 샛길로 빠지는 지점에도 이르지 못하고 있었어요. 내가 어젯밤 야영했던 장소까지는 아직 1킬로미터쯤 더 남아 있었죠. 우리는 가만히 귀를 기울였어요. 그러나 들리는 건 길가 전신줄의 윙 하는 소리뿐이었어요.

"아닌가 보네요." 그가 말했습니다. "잘못 들었나 봐요."

말은 이렇게 했지만, 그의 걸음걸이는 빨라졌어요.

"그러니까 내 말은," 그가 이어서 말했어요. "오늘 아침까지만 해도 나는 파르나소스와 영원히 헤어졌다고 생각했지만, 지금은 그놈을 한번이라도 더 보면 원이 없겠단 생각이 드는 겁니다. 나는 그놈이 그동안 나한테 그랬던 것처럼 당신한테도 좋은 친구가 되었으면 좋겠습니다. 혹시 집에 돌아가면 현자한테 팔 생각인가요?"

"그건 아직 모르겠어요." 내가 말했어요. "사실 지금으로서는 다 혼란스럽죠. 처음 생각했던 것보다 나의 모험욕이 나를 모험 속으로 더 깊이 끌고 들어가는 것 같아요. 이 책 파는 일은 처음 생각했던 것 이상의 뭔가가 있다는 걸 이제 막 깨달아가고 있어요. 솔직히 말해서 이제 막 내 피 속으로 들어오고 있는 중이에요."

"네, 그거 아주 좋습니다." 그가 마음을 담아 말했어요. "나는 파르나소스를 더 이상 좋은 사람한테 넘길 수 없었을 겁니다. 당신이 파르나소스로 어떤 일을 겪는지 나한테 알려주세요. 내 책 쓰는 일 끝나면 어쩌면 그놈을 내가 다시 살지도 모르니까요."

우리는 샛길로 접어들었어요. 나무들 아래의 땅은 질척거렸고, 우리는 한 줄로 걸었어요. 미플린이 앞장섰죠. 시계를 보니 아홉시였습니다. 밴을 떠난 지 한 시간가량 지나 있었죠. 파르나소스를 두었던 지점으로 다가가면서 미플린은 나무들 사이로 이상하다는 듯 계속 두리번거렸습니다.

"무슨 일이에요?" 내가 물었어요. "이 근방이었던 거 같은데, 아닌가요?"

"맞아요. 여기예요. 바로 이 자리죠!"

하늘로 솟았는지 땅으로 꺼졌는지, 파르나소스가 온데간데 없어졌어요!

제10장

우리는 당황하여 한동안 멍하니 서 있었습니다. 적어도 나는 그랬죠. 아마 감자 하나를 깎을 정도의 시간은 됐을 거예요. 밴이 옮겨진 방향은 의심의 여지가 없었어요. 바퀴 자국이 선명했으니까요. 자국은 샛길을 따라 채석장 쪽으로 이어져 있었어요. 아직 질척거리는 땅바닥엔 발자국도 여러 개 찍혀 있었죠.

"폴리카프의 이름으로 말하건대," 교수가 외쳤어요. "부랑인들이 밴을 훔쳐간 게 분명해요. 그걸 특별객차 침실로 삼을 모양이에요. 놈들이 한 명 이상이라는 걸 알았더라면 더 밀착 경계했어야 하는 건데. 아무튼 혼내줘야겠어요."

'맙소사!' 나는 생각했어요. '기회만 나면 싸움이구나. 돈키호테가 따로 없네!'

"돌아가서 프랫 씨를 데리고 오는 게 낫지 않아요?" 내가 물었어요.

나는 이 말을 하지 말았어야 했나 봅니다. 이 말은 응징을 결심한 키 작은 남자의 패기만 북돋는 결과가 되고 말았어요. 그의 턱수염이 곤두섰죠.

"그런 일은 필요 없습니다!" 그가 말했습니다. "이놈들은 겁쟁이들이고 부랑자에 지나지 않아요. 멀리 가진 못했을 거예요. 당신이 여길 비운 게 1시간이 넘진 않았죠, 안 그런가요? 그놈들이 보크를 해치기라도 했으면 초서의 이름으로 말하건대 나는 놈들을 가만 두지 않을 겁니다. 아까 들렸던 소리가 보크가 짖는 소리였던 게 분명해요."

그는 샛길을 따라 성큼성큼 걸어갔습니다. 나는 당황하여 어쩔 줄 모르겠는 마음으로 그 뒤를 따랐죠. 바퀴 자국은 구릉 중턱을 따라 높은 비탈과 자작나무숲 사이로 이어져 있었어요. 0.5킬로미터쯤 되는 거리였어요. 거기서 길은 급히 오른쪽으로 꺾였고, 그 아래 비탈이 나타났어요. 300미터가 넘는 가파른 돌비탈이 있었고, 그 아래가 채석장이었어요. 저 아래 바위벽의 한쪽 면에 파르나소스가 세워져 있었습니다. 페그는 마차에 매여 있었지만, 보크는 어디 갔는지 보이지 않았죠. 밴 옆에 불량배로 보이는 세 놈이 앉아 있었어요. 음식 짓는 연기가 가늘게 피어오르고 있었습니다. 나의 식품저장고를 뒤진 게 분명했죠.

"자, 뒤로! 그리고 엎드려요!" 교수가 속삭였어요.

그는 풀밭 위로 몸을 잔뜩 숙인 채 팔꿈치로 기어서 낭떠러지 끝까지 갔어요. 나도 그렇게 따라했고, 우리는 그곳에 엎드렸습니다. 채석장이 한눈에 내려다 보였습니다. 밑에서는 우리가 보이지 않을 것 같았어요. 세 녀석이 맛있게도 아침을 즐기고 있었어요.

"여기가 저들의 소굴이에요." 미플린이 속삭였습니다. "해마다 이 근방에서 저런 떠돌이들을 보았어요. 보통 10월 말이면 동계 막사로 들어가요. 저쪽으로 더 가면 오래 된 폭파 구역이 있는데 거기가 말하자면 놈들의 기숙사죠. 더 이상 채석작업은 안 하니까, 저들이 마을에 피해를 주거나 말썽을 피우지 않는 한 여기서 방해받지 않고 지낼 수 있는 거예요. 우리가 저들에게—"

그때 우리 뒤에서 심상치 않은 목소리가 들렸습니다.

"꼼짝 마!"

나는 뒤돌아보았어요. 불콰한 얼굴의 악랄하게 생긴 뚱보 놈 하나가 우리에게 피스톨을 겨누고 있었어요. 가슴이 철렁 내려앉았어요. 큰일이었죠. 교수와 나는 땅에 몸을 쭉 뻗은 채 엎드려 있었어요. 어찌 해볼 도리가 없는 상황이었습니다.

"일어서!" 놈이 굵고 거친 목소리로 말했어요. "너희들 생각을 모를 것 같아? 우리가 바큇자국을 왜 안 지웠겠어? 이렇게 유인해서 붙잡아 놓기 위해서지. 우리가 저 침대마차를 타고 도망갈 동안 말이야."

나는 천천히 일어섰어요. 그런데 교수는 계속 몸을 쭉 뻗은 채로 그대로 있는 거예요.

"그만 일어나시죠! 기도하는 사제님!" 놈이 다시 말했어요. "그 우아한 팔다리로 제발 일어나 주시겠어요?"

놈이 빈정거리며 미플린의 목을 잡아당기려고 몸을 수그렸어요. 내가 여자라고 나에 대해서는 신경을 쓰지 않는 것 같았죠. 나는 이때다 싶어 뒤에서 놈을 덮쳤어요. 앞에서도 말했지만 나는 무게가 좀 나가는 몸이었고, 놈은 나에게 깔려 땅바닥에 엎어졌죠. 권총이 장전 되었나 안 되었나에 대한 의심은 금세 풀렸어요. 귀청 찢는 소리를 내며 허공으로 총알이 발사되었으니까요. 그 순간 미플린은 번개같이 몸을 일으켰어요. 그가 악당 놈의 목을 움켜쥐면서 무기를 발로 차서 땅에 떨어뜨렸고, 나는 얼른 달려가 그것을 집어 들었어요.

"이 악마 같은 놈!" 용감한 붉은수염이 말했어요. "우리를 괴롭힐 수 있을 줄 알았어? 맥길 양! 잔다르크보다 빠르네요. 총 이리 줘요."

나는 총을 그에게 건넸어요. 그가 총을 놈의 코에 갖다 댔어요.

"자, 목의 그 헝겊을 풀어."

헝겊은 오래 전에 붉은색 손수건이었나 본데, 누구도 상상할 수 없을 만큼 때에 절어 있었어요. 놈이 궁시렁거리며 그것을 끌렀죠. 미플린이 다시 총을 내게 넘기며 헝겊으로 놈의 손목을 꽉 묶었어요. 채석장 쪽에서 고함이 들려왔습니다. 세 놈이 놀라서 위를 쳐다보고 있었어요.

"저 찌질이들한테 말해!" 미플린이 놈의 손을 결박하며 말했어요. "조금이라도 덤비면 노루 사냥하듯 다 쏴버린다고."

그의 목소리는 차고도 사나웠으며, 상대방을 제압하는 힘이 있었어요. 하지만 나는 솔직히 우리가 네 놈을 어떻게 당해낼 수 있을지 알 수 없었죠.

지저분쟁이 악당놈이 채석장의 패거리를 향해 뭐라뭐라 외쳤어요. 그러나 나는 그의 말을 잘 듣지 못했어요. 교수가 몽둥이를 구하러 갔다 올 테니 나더러 포로를 잘 지키고 있으라고 했기 때문이었어요. 나는 미플린이 자작나무숲으로 몽둥이를 만들러 간 동안 권총을 놈의 머리에 겨누고 있었습니다. 자기 총의 주둥이를 보자, 놈의 얼굴은 계란프라이 밑면 같은 색깔로 변했어요.

"저기요, 아가씨!" 놈이 애원했습니다. "그 총은 살짝만 건드려도 총알이 나오거든요. 제발 총구를 다른 데로 돌려주시면 안 돼요? 실수로 내 머리에 구멍을 내실까 봐 그래요."

하지만 나는 좋은 불안은 그에게 해가 될 것이 없다고 생각해

총을 계속 겨누고 있었습니다.

밑에 있던 악당들은 자기들끼리 어떻게 할지 옥신각신 하는 것 같았어요. 그들이 무장을 하고 있는지 여부는 알 수 없었지만, 어쨌든 놈들은 이쪽의 숫자가 최소한 두 명은 넘을 거라고 상상한 모양이었어요. 결국 미플린이 튼실하고 기름한 몽둥이를 가지고 돌아왔을 때쯤, 놈들은 채석장 밖으로 도망가기 시작했습니다. 교수는 욕을 해대며 기꺼이 추격을 벌일 것처럼 하더니, 곧 그만두었어요.

"자! 너는 채석장으로 걸어가!" 그가 악당에게 힘이 들어간 목소리로 말했습니다.

뚱보 악당은 어기적거리며 걸었어요. 채석장으로 가기 위해서는 좀 에둘러 가야 했어요. 그곳에 도착해 보니 악당 놈들은 깨끗이 사라지고 없었죠. 나는 아쉬울 건 하나도 없었어요. 나는 교수가 이제 이 정도면 24시간짜리 격투를 훌륭히 마쳤다고 생각했어요.

우리가 다가가는 것을 보자 페그가 큰 소리로 히잉거렸습니다. 그러나 보크는 보이지 않았어요.

"우리 개 어디 있어, 이 돼지야?" 미플린이 말했습니다. "우리 개를 손톱만큼이라도 건드렸다면 네놈의 그 가죽으로 값을 치르게 해주겠어."

포로는 잔뜩 겁을 먹었어요. "아닙니다, 대장! 개는 해치지 않았어요." 그가 주눅 든 목소리로 말했어요. "짖지 못하게 묶어 놨어요. 그뿐입니다. 저 버스 안에 있어요."

그러고 보니 파르나소스 안에서 낑낑거리는 소리가 가늘게 들렸어요. 무엇인가에 입이 막힌 소리였죠. 얼른 문을 열었더니 코와 주둥이 부분이 끈으로 묶인 보크가 보였어요. 보크는 교수를 보자 반가움에 펄쩍펄쩍 껑충거리며 난리였어요. 하지만 나한테는 거의 눈길을 주지 않았죠.

"자," 미플린이 개의 끈을 풀면서, 악당의 정강이에 이빨을 박고 싶은 심정을 어렵사리 참는 듯이 말했어요. "이 호레자식을 어떻게 하면 좋을까? 포트비거 감옥으로 끌고 갈까, 아니면 다른 놈들처럼 그냥 풀어줄까?"

악당은 손바닥을 싹싹 비비며 풀어달라고 애원했어요. 나는 비굴하고도 측은한 그 모습에 거의 웃음이 나올 뻔했어요. 교수가 딱잘라 말했죠.

"너 같은 놈은 감옥이 어울려." 그가 말했어요. "그런데, 이포에부스 아폴로 님께서 간밤에 길바닥에서 상대했던 놈이 너야? 네 놈이 마차 주변을 어슬렁거린 그 놈 맞지?"

"아닙니다, 대장! 그건 내가 아니라 토끼입술 샘이었어요. 하느님께 맹세해요. 그가 돌아와서 말했어요. 표범을 상대한 것 같다고요! 그 친구, 대장한테 터져서 한쪽 램프가 푸딩이 돼서 왔다고요. 정말로 내가 아닙니다."

"지긋지긋한 놈들!" 교수가 말했어요. "좋아, 풀어주겠어. 하지만 내 눈에 한번만 더 걸리면 산 채로 가죽을 벗겨줄 테니 명심해! 지금부터 열을 세겠어. 그때까지 내 눈에 보이면 엉덩이에 총알 박힐 줄 알아."

그가 놈의 손수건 포승줄을 칼로 끊었어요. "자, 출발!"

놈은 교수의 신호가 떨어지기 무섭게 발꿈치를 돌리더니 부리나케 도망가기 시작했어요. 놈이 살찐 몸으로 볼품없이 뒤룩거리다가 나무울타리를 황급히 부수며 사라질 때쯤, 교수는 허공에 대고 총알을 하나 날렸어요. 그러고 나서 무기를 근처 웅덩이로 가볍게 던져 넣었죠.

"자, 맥길 양!" 그가 웃으며 말했습니다. "당신이 아침을 맡는다면, 나는 페그를 매겠어요." 그리고 주머니에서 편자를 꺼냈어요.

파르나소스의 안과 밖을 둘러보니 악당들한테 해를 입은 건 거의 없었습니다. 놈들은 먹을 것들만 꺼내 평평한 돌 위에 늘어놓고 잔치를 준비하고 있던 모양이었어요. 밴 바닥에 진흙을 묻혀 놓긴 했지만, 그 외에는 잘못된 것을 발견할 수 없었죠. 그래서 미플린이 페그의 발을 돌보는 동안 나는 수월하게 아침을 준비했어요. 나는 바위 위에서 떨어지는 깨끗한 물을 발견했어요. 찬장에는 계란 몇 개와 빵과 치즈, 그리고 따지 않은 연유 한 통이 남아 있었죠. 나는 페그에게 귀리 먹이통을 걸어주었고, 신이 나서 이리저리 까부는 보크에게도 먹이를 주었어요. 교수가 편자 작업을 마치고 우리는 자리에 앉아 즉석식 아침을 먹었습니다. 나는 이 집시 같은 생활이 어쩌면 내 삶의 정상적인 모습이 아닐까 잠시 생각했어요.

"어쩜!" 스크램블 에그와 치즈가 담긴 접시와 커피 한 잔을 건네며 내가 말했습니다. "눅눅한 건초더미에서 밤을 보낸 사람치고는 용기와 솜씨가 대단하던데요."

"이 파르나소스는 폭풍을 알린다는 바다제비와도 같아요. 나는 책 쓰는 일의 주된 어려움은 일어날 일들을 고안해내는 작업이라고 생각하는데, 파르나소스를 타고 다니면 온갖 폭풍 같은 모험 이야기를 다 겪거든요. 그것들을 적다 보면 그 이야기 자체가 진짜 오디세이로 느껴지곤 합니다."

"페그 발은 어때요?" 내가 물었어요. "계속 갈 수 있겠어요?"

"천천히 몰면 괜찮을 겁니다. 다친 부위를 닦아내고 편자를 다시 끼웠어요. 이런 경우를 대비해서 도구들을 꼼꼼히 구비해 놓은 보람이 있어요."

쌀쌀한 날씨였습니다. 우리는 식사로 미적거리지 않았어요.

나는 먹는 시늉만 했는데, 아까 식사를 조금 하기도 했고, 몇 시간 동안의 사건들로 마음이 아직 콩닥거리고 있기 때문이었어요. 나는 파르나소스로 다시 간선도로에 올라 느린 속보로 걸으면서 따스한 햇볕 아래서 이런저런 생각을 하고 싶었어요. 채석장은 황량하고 으스스한 곳이었으니까요. 그러나 우리는 출발하기 전에 부랑자들이 겨울을 나기 위해 마련해둔 동굴을 살펴보았습니다. 그것은 실제 동굴은 아니고, 화강암 절벽에 만든 갱도였어요. 찬바람을 막기 위해 입구 쪽에 얼기설기 나뭇가지로 가리개를 만들었더군요. 안에는 어디서 주어다 놓았는지 침대 같은 것들을 쌓아놓았고 낡은 야채상자들로 대충 식탁과 의자 대용으로 쓰는 것 같았습니다. 바위 구석에는 깨진 거울조각을 세워놓은 게 보였어요. 누더기를 걸치고 사는 부랑자들도 자기 외모에 완전히 무관심한 건 아닌 모양이었어요. 나는 교수가 페그의 발을 마지막으로 한번 더 점검하는 틈을 타서 머리매무새를 손보려고 얼른 거울을 보았어요. 차마 눈 뜨고 볼 수 없을 만큼 가관이었죠. 어제 아침 앤드류가 나를 알아본 게 신기했어요.

우리는 페그를 가파른 경사면으로 이끌어 샛길로 돌아 나왔고, 마침 내 다시 간선도로로 들어섰어요. 여기서 나는 붉은수염에게 약간 강권하는 투로 말했습니다.

"이렇게 해요, 교수 씨. 나는 당신이 다시 포트비거로 온종일 걸어서 되돌아가게 할 순 없어요. 어젯밤부터 온갖 난리를 다 겪었으니 좀 쉬어야 한다고요. 일단 파르나소스로 들어가 한숨 주무세요. 당신을 우드브리지에 내려드릴 테니, 거기서 기차를 타세요. 자, 지금 얼른 침대로 가세요. 페그는 내가 몰 테니 걱정 마시고요."

그는 이의를 제기하는 듯했지만, 말에 그다지 힘은 없었죠. 나는 이 작은 바보 같은 이가 거의 녹초가 되었다고 생각했어요. 당연한 일이었죠. 나도 몸에 힘이 거의 없었거든요. 결국 그는 고분고분해졌어요. 밴으로 기어들어가 부츠를 벗고 담요 속으로 몸을 밀어 넣었어요. 보크가 그를 따랐고요. 아마 둘 다 금세 곯아떨어졌을 거예요. 나는 앞자리에 앉아 고삐를 잡았습니다. 페그 발에 무리가 가지 않도록 느릿한 속도를 유지하게 했습니다.

비온 뒤의 아침이라 더없이 청량했어요. 길은 해변을 따라 나 있었고, 나는 이따금씩 바다에 눈길을 주었어요. 공기는 알싸했습니다. 이제까지 알던 보통의 공기가 아니라 좀약이나 암모니아처럼 코를 톡 쏘는 공기였죠. 태양이 파르나소스를 따라오며 비추는 듯했고, 우리는 너울거리는 금빛 햇살을 헤치며 하얀 길을 따라 나아갔어요. 삼나무의 갈라진 잎들이 소금기 어린 공기

속에서 부드럽게 몸을 흔들고 있었습니다. 10년 만에 처음으로 나는 아침의 아름다움을 묘사하는 데 적합한 단어를 고르는 게 신이 났어요. 앤드류나 소로우라도 된 것처럼 아침에 대한 묘사를 적고 있는 나를 떠올렸죠. 저 미친 작은 교수의 문학 취미가 나에게 감염이라도 된 모양이었어요.

그리고 그때 나는 좀 명예에서 벗어난 행동을 했습니다. 나는 좌석 옆에 달린, 미플린이 잡다한 것을 넣어두는 작은 주머니에 별 의도 없이 손을 넣었어요. 시가 적힌 그의 명함이나 한 번 더 볼까 하는 생각이었는데, 거기서 나는 아주 낡은 작은 수첩을 하나 발견했죠. 낡고 먼지가 묻은 걸로 보아, 수첩의 주인은 거기에 그런 걸 두었다는 사실을 잊은 것이 분명했어요. 겉면에는 잉크로 "현재의 불만족에 관한 단상"이라고 적혀 있었어요. 희미하게나마 알 듯 모를 듯한 제목이었죠. 나는 학생 때 이와 비슷한 어떤 것을 배운 적이 있는지 떠올려보려 애썼어요. 세상에, 20년도 더 전의 까마득한 일이었어요! 물론 명예를 중시했다면 나는 사적인 기록인 그것을 읽지 말았어야 했죠. 그러나 나는 일종의 핑계 아닌 핑계를 떠올렸어요. 어쨌든 매매계약에 의하면 나는 이 파르나소스와 거기 딸린 모든 것을 인수했던 거니까요. 앤드류 말을 빌리자면, '이것도, 저것도, 그리고 모두' 말이죠.

수첩은 자잘한 메모로 가득 채워져 있었어요. 교수의 작고 아담한 손으로 쓴 연필 글씨였어요. 글씨는 뭉개지고 얼룩도 묻었지만 읽기에 큰 어려움은 없었어요. 가령 이런 것들이었죠.

나는 보크나 페그가 외로움을 느낀다고 생각하지 않는다. 그러나 벤 건의 이름으로 말하건대, 나는 그렇다. 나의 뒤에 헨릭과 한스 안데르센과 테니슨과 소로우와 기타 수많은 좋은 친구들이 함께 타고 있다고 말하면 우습게 들리겠지. 하지만 우리가 굴러갈 때 내 귀에는 그들이 하는 얘기가 들린다. 그럼에도 불구하고, 책은 결국 실체적 세계일 수 없다. 그러니 우리는 이따금씩 더 친밀하고 더 인간적인 관계를 갈구하게 되는 것이다. 지금 나는 8년간이나 완전한 혼자로 지내고 있다— 런트를 빼고. 하지만 그도 언젠가는 죽을 것이다. 이렇게 곳곳에 방랑하는 것은 이대로 좋은 일. 그러나 이 일도 언젠가는 끝날 것이다. 진실로 사람은 행복하다 싶은 한 곳에 뿌리를 내려야 한다.

모순된 욕망을 꿈꾸는 우리는 얼마나 부조리한 희생자들인가! 우리는 한 곳에 정착하면 방랑을 꿈꾸고, 방랑하고 있을 때는 가정을 꿈꾼다. 하지만 만족은 또 얼마나 야만적인 것인가! 인생의 모든 위대함은 불만족한 사람에 의해 이루어진다.

좋은 인생을 위한 세 가지가 있다. 배우는 것, 버는 것, 그리고 열망하는 것이다. 사람은 살아 있는 한 배워야 한다. 그리고 그는 자기 자신과 또 누군가를 위해서 빵을 벌어야 한다. 그리고 그는 또한 열망해야 한다. 알 수 없는 것을 알기를 열망하지 않으면 안 된다.

조지 허버트의 『도르래』는 얼마나 멋진 시인가! 저 엘리자베스 시대의 인간들은 쓸 줄을 알았다! 그런데 아마도 그들은 시가 '재치 있는' 것이어야 한다는 생각에 사로잡혔던 듯하다. (시를 읽으면 재치 있는 사람이 된다는 베이컨의 말을 떠올려 보라. 이 말에 그 시대의 문학을 이해하는 하나의 단서가 들어 있다.) 그들의 현란한 말장난과 비유는 우리 기준으로 보면 한물 간 것들이다. 그러나 그것이야말로 뿌리가 아닌가! 그들은 인생의 문제와 얼마나 씩씩하게, 그리고 얼마나 경건하게 싸웠던가!

(조지 허버트에 따르면) 인간을 처음 만드실 때 신은 "바로 옆에 축복의 잔을 놓아두고" 계셨다. 그리고 신은 가지고 계신 그 축복들을 인간에게 부어주셨다. 힘과 아름다움과 지혜와 영광과 즐거움 그 모두를. 그러나 마지막 한 가지는 부어주기를 삼가셨다. 그것은 안식, 즉 만족이었다. 만약 인간이 만족에 머물게 되면 인간은 결코 신께 이르는 길을 얻지 못하리라 여기셨던 것이

다. 인간에게 만족이 없게 하라, 그리하여
"선함이 그대를 인도치 못하면
곤함을 내 품에 내던지게 하리라."

언젠가 나는 그 주제로 소설을 하나 쓰자. 제목을 "도르래"라 하자. 이 비극적인, 만족이 없는 세계 어딘가에 마침내 우리의 머리를 누이고 쉴 수 있는 곳이 없어서는 안 된다. 누군가 그것을 죽음이라 부른다. 누군가는 그것을 신이라 부른다.

내가 생각하는 이상적인 인간은 사물의 이 유감스러운 전체적 구성을 깨뜨려 그것을 마음의 욕망대로 다시 주조하고자 원했던 오마르가 아니다. 늙은 오마르는 실크파자마차림으로 와인이나 마셔대던 겁쟁이였다. 진짜 인간은 조지 허버트가 말한 "잘 말린 목재" 같은 사람이다. 자기에게 어떤 일이 닥쳐와도 솜씨 좋게 잘 해내는 사람 말이다. 난로에 석탄 한 삽을 넣더라도 그는 부삽의 알맞은 균형으로 바닥에 흘리지 않고 정확히 불을 향하여 넣을 줄 안다. 장작을 쪼개거나 노면전차를 몰 때에도 그는 솜씨 좋게 예술적으로 그 일을 해낸다. 책을 쓰거나 감자 하나를 깎을 때에도 그는 거기에 자신의 모든 것을 쏟아 붓는다. 마흔 넘은 대머리 늙다리 바보로서 시골 장바닥에서 책을

팔 때에도 그는 그것을 이상적으로 해낸다. 나이 든 이 멋진 파르나소스! 위대한 유희를 함께 하는 멋진 놈…… 그래도 나는 곧 이놈에게 뭔가를 해줘야 한다. 내 책을 써서 바쳐야 한다. 어쨌든 파르나소스는 나에게 진정한 축복의 잔이다.

수첩에는 더 많은 메모들이 있었습니다. 수첩의 반 정도가 간단히 적은 문장들, 메모들, 그리고 단편들로 채워져 있었죠. 일부는 시로 보였고요. 나는 충분히 읽었어요. 나는 이 작은 남자의 애처로운, 용감한, 그리고 외로운 마음에 대한 우연한 목격자가 된 느낌이었어요. 나는 인생의 많은 심오한 것들을 알지 못하는 그저 그런 존재일지 모르지만, 그러나 가끔은 나도, 다른 이들과 마찬가지로, 나를 전율케 하는 무엇인가와 마주칩니다. 나는 수염 붉은 이 작은 행상인이 얼마나 크고 무거운 인간성을 가진 빵의 효모덩어리 같은 사람인지 보았어요. 얼마나 그가 그의 방식에서 자기만의 미의 이상을 실현하기 위해 분투했는지 보았어요. 나는 그에 대해 어떤 모성애 같은 게 느껴졌어요. 나는 내가 그를 이해한다고 말하고 싶었어요. 그리고 나의 가정적인 의무로부터, 나의 부엌과 나의 양계장으로부터, 그리고 사랑하는, 성급하고 무심한 늙은 앤드류로부터 도망쳤다는 데 대해 어떤 점에서는 부끄러움도 느꼈어요. 나는 냉정해졌어요. 나는 내가 외로워지면 파르나소스를 팔고 서둘러 농장으로 돌아가야겠다고 생각했습니다. 그것이 나의 일이요, 그것이 나의 축복의 잔이었어요. 뚱뚱한 중년 여자인 내가 한다는 일이, 한수레의 책을 들고 길거리를 어슬렁거리는 일이라니.

나는 작은 수첩을 다시 은닉장소에 슬며시 넣었어요. 내가 그것을 보았다는 사실을 교수가 알게 하느니 차라리 죽는 것이 나을 일이었죠.

제11장

우리는 우드브리지에 들어서고 있었습니다. 나는 교수를 깨워야 하나 어쩌나 생각하고 있었는데, 그때 등 뒤의 작은 창문을 열고 그가 고개를 내밀면서 말했어요.

"어이쿠, 이런!" 그가 말했어요. "내가 완전 곯아떨어졌던 모양이네요."

"어머, 잘하셨어요." 내가 말했습니다. "그럴 필요가 있어요."

그는 안색이 한결 나아 보였고, 그래서 나는 마음이 놓였습니다. 밤새 한데서 자서 몸살이라도 걸렸으면 어쩌나 걱정했는데, 생각했던 것보다 그는 몸이 강건한 것 같았어요. 그는 내 옆자리로 옮겨 탔고, 우리는 파르나소스를 몰고 시내로 들어갔습니다. 그가 기차시각을 알아보기 위해 역으로 간 사이, 나는 책을 팔며 좋은 시간을 보냈어요. 내 얼굴을 아는 사람이 없는 곳이라 미플린의 방법을 흉내 내는 데 전혀 거리낄 게 없었죠. 오히려 내가 그의 방법을 개선한 게 한 가지 있었습니다. 나는 철물점으로 가서 식사를 알리는 데 쓰는 종을 하나 샀어요. 그리고 사람들이 모일 때까지 종을 울리고, 그렇게 어느 정도 모이면 덮개를 올려 책을 보여주었죠. 그래 봐야 한 권밖에 못 팔았지만, 그래도 나는 신이 나서 죽을 뻔했습니다.

저쪽에 미플린이 다시 나타났습니다. 아마 이발소에 다녀온 모양이더군요. 나이에 비해 말쑥해 보여 좋았습니다. 깨끗한 새 칼라와 강청색의 맵시 있는 타이도 맸는데, 그에게 썩 잘 어울렸습니다.

"허허, 이거 참!" 그가 말했어요. "현자가 나한테 당한 코피를 이렇게 갚으려나 봅니다."

"왜요? 무슨 일 있었어요?" 내가 물었어요.

"당신이 준 수표를 바꾸려고 은행엘 갔죠." 그가 말했습니다. "그런데 직원이 레드필드 지점으로 전화를 하더니 당신 오빠가 그 계좌에 지불정지를 걸어놨다는 겁니다. 이거 참. 은행에선 나를 무슨 사기꾼 보듯 하더라고요."

그 소릴 듣고 나는 화가 머리끝까지 치솟았어요. 앤드류가 무슨 권리로 그따위 짓을 하죠?

"말도 안돼요!" 내가 말했어요. "내가 어떻게 하면 되죠?"

"내 생각엔 당신이 레드필드 지점으로 전화하셔서," 그가 말했어요. "당신 오빠의 요구를 철회시켜야 할 것 같아요. 아, 그러니까 내 말은 당신이 실수한 게 아니라면 말입니다. 나는 당신을 이용해먹을 생각은 없으니까요."

"실수라뇨! 말도 안 돼요." 내가 말했어요. "앤드류가 나의 휴가를 망치게 놔두지 않겠어요. 그는 늘 그런 식이에요. 뭐 한 가지 꽂히면 고집이 아주 황소고집이죠. 내가 레드필드로 전화할게요. 그리고 나서 같이 은행으로 가요."

우리는 파르나소스를 호텔에 세웠습니다. 그리고 나는 전화를 하러 갔어요. 나는 앤드류한테 이만저만 아니게 화가 났고, 그래서 먼저 그에게 전화를 했어요. 하지만 사비니 농장엔 전화받는 사람이 없었어요. 그래서 나는 레드필드 지점으로 전화해서 셜리 씨를 바꿔달라고 했습니다. 그는 그 지점의 출납담당자였고, 나를 잘 아는 사람이었어요. 나는 그가 목소리로 내가 누군지 안다고 생각했어요. 내가 원하는 사항에 대해 전혀 반대가 없었거든요.

"그럼 여기 우드브리지 지점으로 연락하셔서," 내가 말했어요. "미플린 씨한테 돈을 지불하라고 전해주세요. 내가 그분과 함께 은행으로 갈 테니까요. 그래 주실 수 있죠?"

"네, 문제없습니다." 그가 말했어요. 위선적인 달팽이 같은 앤드류! 이런 식의 간계를 꾸미다니!

미플린은 자기가 탈 기차가 3시에 있다고 했습니다. 우리는 작은 식당에서 간단하게 요기를 하고 나서 함께 은행으로 갔어요. 나는 그곳 출납담당자한테 레드필드에서 연락 받았는지 물었어요.

"네," 그가 말했습니다. "얘기 들었습니다." 그리고 약간 이상한 눈빛으로 나를 쳐다보았어요.

"당신이 맥길 양이신가요?" 그가 말했어요.

"그렇습니다." 내가 말했죠.

"잠시 이리로 와주시겠습니까?" 그가 나에게 정중하게 요구했어요.

나는 내가 서류에 서명할 일이라도 있는 모양이라고 생각했어요. 그래서 돈이 나오면 받아야 하니 미플린은 출납 창구에서 기다리라 하고 나 혼자 직원을 따라 갔어요. 직원은 나를 작은 대기실로 데려가더니 의자에 앉아 잠시 기다리라고 하더군요.

시간이 몇 분 정도 흘렀을 거예요. 벽에 걸린 생명보험 달력을 보는 게 물릴 때쯤, 나는 창문을 통해 대기실 밖을 내다봤어요. 그때 교수가 다른 사람과 함께 막 모퉁이를 돌아 사라지는 게 보였습니다! 분명히 교수였어요.

나는 열고나게 출납 창구로 돌아왔어요.

"무슨 일이죠?" 내가 물었어요. "당신의 마호가니 가구는 충분히 감상 잘 했어요. 내가 여기 더 있어야 하나요? 그리고 미플린 씨는 어디 갔죠? 돈은 받아 갔나요?"

출납 직원은 구레나룻을 기른 굉장히 작은 사람이었어요.

"기다리시게 해서 죄송합니다, 고객님." 그가 말했습니다. "처리는 막 끝났습니다. 우리는 미플린 씨가 마땅히 받으셔야 할 것을 잘 처리해 드렸습니다. 고객님은 더 이상 여기 안 계셔도 됩니다."

상황은 아주 이상했어요. 교수가 헤어지는 인사도 없이 떠날 사람은 아니었거든요. 그런데 그때 시계를 보니 3시에서 3분이 모자란 시각이었어요. 그래서 나는 그가 기차를 놓치지 않으려고 서둘러 떠날 수밖에 없었구나 생각했습니다. 어쨌거나 그는 여러 모로 이상한 면이 많은 사람이었으니까요.

그렇게 나는 급작스러운 헤어짐으로 인해 마음이 어지러운 채로 호텔로 돌아왔어요. 그나마 다행인 건 그 작은 남자가 자기 돈을 옳게 받아갔다는 사실이었죠. 아마 브루클린에 도착하면 편지를 쓰겠거니 했어요. 물론 그가 아는 주소는 우리 농장밖에 없으니까, 내가 그의 편지를 받는 건 농장에 도착한 뒤라야 했죠. 그러니까 편지를 받는 것도 결국 꽤 시간이 걸릴 일이었어요. 그렇다고 지금 돌아가고 싶은 생각은 없었어요. 앤드류가 이렇게 지긋지긋하게 나오는 지금은 더더욱!

나는 파르나소스를 몰고 선착장으로 가서 강을 건넜습니다. 나는 뭔가 허전했고 영 마뜩찮았어요. 불어오는 신선한 바람도 내게 그닥 기쁨을 주지 않았어요. 보크는 밴 안에서 침울하게 낑낑댔습니다.

파르나소스가 가지고 있던 매력 중의 어떤 것이 쑥 빠져나갔음을 느끼기까지는 시간이 오래 걸리지 않았습니다. 나는 교수가 보고 싶었습니다. 그의 갑작스럽고 직접적인 말투가 그리웠고, 그의 엉뚱한 재치가 그리웠습니다. 그리고 더욱 그가 한마디 인사도 없이 갑자기 떠난 게 속상했습니다. 그건 자연스럽지 않은 일이었잖아요. 그나마 강 건너의 한 농가에서 요리책을 한 권 판 일이 내게 조금은 위로가 되었어요. 거기서 나는 배스로 방향을 잡았습니다. 8킬로미터쯤 되는 거리였어요. 페그의 발은 별 문제가 없어 보였고 그 정도 거리를 이동하는 데는 큰 지장이 없을 거라는 생각이 들었습니다. 날짜를 꼽아보니(이게 쉽지만은 않았어요. 집을 나선 지 벌써 달포가 훌쩍 지난 기분이었거든요.) 오늘이 토요일이었어요. 나는 배스에서 일요일까지 머물면서 좀 쉬어야겠다고 생각했어요. 차분하게 느린 걸음으로 가는 동안 나는 『허영의 시장』을 다 읽었습니다. 나는 베키샤프에 흠뻑 빠졌고, 그래서 지나치는 집들에 들러 책을 파는 일로 독서를 중단하고 싶지 않았어요. 나는 좋은 책을 읽는 것은 겸손함을 만든다고 생각해요. 진짜 위대한 책을 통해 인간 본성에 대한 놀라운 통찰을 접하게 되면, 당신은 스스로가 한없이 작게 느껴질 거예요. 티끌 하나 없이 깨끗한 밤하늘의 북두칠성을 바라볼 때처럼요. 어느 겨울 아침, 무심코 계란을 수거하러 나갔다가 두렷이 이마를 내미는 빨간 해를 보게 될 때처럼요. 그렇게 자신을 작게 느끼도록 만드는 것은 무엇이든 당신에게 좋은 것입니다.

"당신이 말하는 위대한 책은 어떤 책이죠?" 교수가 말했어요. ─ 내 말은, 그가 그렇게 말하는 걸 상상했다는 뜻입니다. 나는 콘파이프를 들고 내 옆에 앉아 약간 놀란 듯한 표정으로 날카롭게 나를 바라보는 그의 얼굴을 머릿속으로 그릴 수 있었어요. 확실히 교수와의 대화는 나로 하여금 생각을 하게 만들었어요. 나는 그의 교수법이 스크랜튼 통신강좌만큼 좋았다고 생각해요. 우편요금 낼 필요도 없이 말이죠.

나는 교수에게 이렇게 말합니다. ─ 그러니까 나 자신에게 말한다는 뜻이죠. 자, 좋은 책이란 대체 어떤 책일까요? 내가 생각하는 좋은 책은 헨리 제임스의 책 같은 걸 의미하진 않습니다. (그는 앤드류의 우상 같은 사람이에요. 그러나 내가 보기에 그는 단어들이 꾸역꾸역 머릿속으로 밀려는 오는데 그걸 제대로 주워 담는 법을 모르는 그런 사람이었어요.) 좋은 책은 우선 간명한 무엇인가를 담고 있어야 합니다. 그리고 좋은 책은 이브처럼 인간의 세 번째 갈비뼈 부근에서 나와야 합니다. 다시 말해, 심장 뛰는 소리를 담고 있어야 하는 겁니다. 머리로만 쓴 책은 그다지 보잘 것 없습니다. 자

비심 넘치는 사람들한테도 그런 책은 받아들여지기 힘듭니다. 헨리 제임스의 문제가 그거였어요. 앤드류가 하도 그 사람 얘길 하기에 내가 레드필드의 뜨개질 모임에서 사람들한테 읽어주려고 그의 책을 몇 권 가지고 갔었는데, 글쎄 한 권 읽다가 도중에 포기하고 『폴리아나』로 돌아갈 수밖에 없었다니까요.

나는 15년 동안 농장에서 잡다한 일을 해오면서 인생에 대해서, 심지어 책에 대해서조차 별다른 생각을 갖지 못했어요. 교수 씨!(나는 여전히 내 안의 미플린에게 말하는 중이었어요), 나는 나의 문학적 관점으로 당신이나 앤드류에 맞설 뜻은 없어요. 하지만 방금 말한 것처럼 나만의 어떤 생각을 가지고는 있습니다. 나는 책을 쓰는 일도 그릇 씻는 일만큼이나 정직한 작업이 중요하다고 배웠어요. 나는 앤드류의 책들도 결국엔 훌륭한 점을 가지고 있을거라고 믿는데, 그 이유는 그가 자기 책에 언급한 문제에 대해 끊임없이 궁리를 했을 것이기 때문이에요. 나는 그가 농부로서 아무 의욕이 없더라도 그를 용서할 수 있어요. 그가 자신의 문학적 소명을 극대의 높이로 밀고 가는 한 말입니다.

사람은 누구나 자기가 잘할 수 있는 한 가지 일을 잘하면 나머지 모든 일에서는 좀 부진해도 상관없다고 생각해요. 그래서 나는 내가 부엌일에서 최고인 한, 문학의 문외한이 된다 한들 무슨 문제이겠나 생각하죠. 그것이 내가 닦고 윤내고 문지르고 먼지 털고 바닥 쓸고 정찬을 준비하는 동안 늘 생각하는 일입니다. 내가 한 번이라도 독서를 위해 10분 이상 앉아 있을 수 있었다면, 고양이가 커스터드 안으로 들어갔을 거예요. 하인을 대여섯 명씩 두고 있는 사람이 아닌 한, 시골에서는 해가 떠서 질 때까지 단 15분만이라도 엉덩이를 붙이고 앉아 있을 수 있는 여자는 없어요. 그리고 자기 인생의 대부분의 시간을 앉아서 보낼 수 있는 사람이 아닌 한, 어느 누구도 문학에 대해 밝을 수가 없습니다. 당신도 마찬가지예요. ―

이렇게 철학적으로 짚어보는 시간은 나에게 새로운 경험이었습니다. 페그는 만족스러운 듯 천천히 걸었고, 보크는 파르나소스 뒤를 열심히 따라왔어요. 나는 『허영의 시장』을 읽고 온갖 종류의 사물에 대해 생각했습니다. 마음에 드는 빨강색 단풍잎들을 따기도 했습니다. 지나가는 자동차들의 먼지와 소음으로 괴로웠지만, 점차 그들 중 일부는 멈춰 서서 나의 장비를 호기심어린 눈으로 바라보다가 몇 권의 책을 문의하기도 했습니다. 나는 그들을 위해 덮개를 열어주었고 우리는 길가에 선 채 좋은 얘기들을 나누었어요. 그들 역시 두세 권의 책을 사갔습니다.

배스에 닿을 때쯤 시계를 보니 저녁 먹을 시간이었습니다. 아직 미플린처럼 농가에 들어가 하룻밤 묵을 정도로 넉살이 좋지 못한 나는 곧장 시내로 들어가 호텔을 찾았어요. 다음날이 일요일이었으므로, 말에게도 푹 쉴 시간을 줄 겸 배스에서 이틀간 묵는 것이 좋을 것 같았습니다. '호미니 하우스'가 구석이지만 깨끗해 보였고 이름이 마음에 들어서 그곳으로 들어갔어요. 그곳은 대부분 나이 든 여자들이 묵는 일종의 고급 하숙집이었어요. 셸비의 그랜드센트럴 호텔에 비하면, 여기는 제법 문학적이고 엘버트 허버드 같은 느낌을 주었습니다. 그곳 사람들은 나를 좀 의심스러운 눈으로 쳐다봤고, 나는 그들이 행상인은 받지 않는다고 말하려 한다는 걸 반쯤은 짐작했어요. 하지만 내가 데스크에 빳빳한 5달러 지폐를 내보이자 아무런 군소리도 하지 않더군요. 뉴잉글랜드에서 5달러 지폐는 일종의 귀족증서 같은 것이었거든요.

어머! 크림소스 닭고기를 얹은 토스트와 시럽 뿌린 메밀케이크는 어쩜 그렇게 맛있을 수 있는지! 자기가 먹을 음식을 자기 손으로 준비하는 데 이골이 난 사람한테는, 다른 누군가의 난로에서 만들어진 한 끼 식사야말로 가장 훌륭한 대접이 되는 법인가 봐요. 저녁식사를 마치고 나는 현관 쪽에 앉아 내 스웨터 뜨기를 끝낼 채비를 하고 흔들의자에 나의 무거운 몸을 얹었어요. 그런데 그 순간, 이제 파르나소스의 전통을 수행할 사람은 나밖에 없다는 사실을 깨달았습니다. 나는 그곳에 다른 이유가 있어서가 아니라 좋은 책의 복음을 전하러 간 것이었어요. 나는 교수가 자신의 캠페인을 수행할 때 단 한 순간도 태만한 적이 없었음을 떠올렸어요. 그리고 나도 그 일을 해낼 수 있는 사람임을 보여주어야겠다고 결심했습니다.

저간의 경험을 돌아보면 좀 무모한 일이기도 했어요. 그러나 그때 내 마음은 일종의 전도의 열정으로 채워져 있었습니다. 나는 여기서 책을 팔려면 뭔가 사람들의 관심을 끌 만한 것이 있어야겠다고 생각했어요. 나이 든 여자들은 대부분 응접실에 웅크리고 앉아 뜨개질을 하거나 책을 읽거나 카드놀이를 하고 있었어요. 흡연실에는 바싹 바른 남자 둘이 있었고요. 이 집의 주인인 호미니 부인은 황동 난간 뒤의 데스크에 앉아서 깃펜으로 장부를 적고 있었죠. 나는 이 집이 아마도 월트 휘트먼의 『풀잎』 이후로 한 번도 충격이란 걸 겪어보지 못했으리라 생각했어요. 나는 일종의 죽기 아니면 까무러치기의 각오로 그들을 깨워보기로 결심했습니다.

나는 널따란 식당 문 뒤에 우람한 식사종이 세워져 있는 걸 발견했습니다. 나는 그쪽으로 걸어가 줄을 쥐었어요. 그리고는 있는 힘껏 종을 울리기 시작했어요.

당신이 그 소릴 들었다면 아마 화재경보라도 울리는 줄 알았을 거예요. 호미니 부인도 깜짝 놀라 펜을 바닥에 떨어뜨릴 정도였죠. 응접실에 있던 식민지 시대 귀부인 같은 여자들이 활기를 띠며 바퀴벌레 모이듯 식당으로 몰려왔습니다 1분 만에 꽤 많은 청중들이 모였어요. 바야흐로 내가 사람들의 마음을 사로잡을 순간이었죠.

"친구 여러분!" 나는 말했습니다. (아마 나도 모르게 교수한테 전수받은 기술이 들어갔겠죠.) "보통 이 종소리는 여러분을 성찬의 자리로 부르는 소리지요. 그러나 지금은 여러분을 문학적 식사의 자리로 초대하는 소리입니다. 관리인의 허가 아래, 그리고 여러분의 고요함을 방해하는 데 대해 용서를 구하면서, 제가 좋은 책의 가치에 대해 몇 말씀 드릴게요. 여러분 중 많은 분들이 책 읽기를 좋아하시는 걸로 압니다. 그러니까 대화가 서로 마음이 통하는 것 아니겠어요, 그죠?"

사람들이 나를 호두 아이스크림순디 바라보듯 흐뭇한 시선으로 바라보았습니다.

"신사 숙녀 여러분!" 나는 계속했어요. "에이브 링컨의 이야기를 기억하실 겁니다. 그는 말했습니다. 다리를 꼬리라고 부른다면 개에게는 꼬리가 몇 개냐고요. 여러분은 다섯 개라고 말씀하시겠지요. 틀렸습니다. 왜냐하면 링컨은 말하기를, 다리를 꼬리라고 부르는 것은 —"

지금 생각해도 그 시작은 좋았어요. 그러나 거기까지였어요. 종소리의 충격에서 깨어난 호미니 부인이 데스크 앞에서 빠르르 다가오더니 내 팔을 붙들었습니다. 얼굴은 화로 붉어져 있었지요.

"진심으로," 그 여자가 말했어요. "그래요, 진심으로 말씀드리는데, 그런 얘기는 다른 곳에 가서 하세요. 우리 집에서는 행상인을 받지 않아요."

그리고 그들은 15분 만에 페그를 끌고 오더니 나더러 떠나달라고 했습니다. 나는 그들의 요구에 순순히 응했는데, 그것은 내가 나 자신의 열정에 정말 깜짝 놀랐기 때문이었죠. 그렇게 옮겨간 무즈 호텔에서 나는 좀 멍했습니다. 호텔의 음식이 정말 거창했거든요. 나는 곧바로 내 방으로 돌아와서 몸이 밀짚 매트리스에 닿자마자 그대로 쓰러져 잠에 빠졌습니다.

그것이 나의 첫 번째이자 유일했던 공식 연설이었어요.

제12장

다음날은 10월 6일, 일요일이었습니다. 나는 그날의 날짜를 잊을 수가 없습니다.

나는 로버트 체임버스의 여느 여주인공들보다 더 명랑하고 쾌활하게 깨어났습니다. 지난 저녁의 모든 의심과 불안은 말끔히 사라졌고, 내 마음에는 오직 세상과 그 속의 모든 것들을 향한 기쁨만이 남아 있었지요. 호텔은 썩 좋은 곳은 아니었지만, 그래도 내 마음의 평정이 흔들리진 않았습니다. 나는 진짜 시골식 함석통에서 정말 차가운 물로 냉수욕을 하고 나서, 계란과 팬케이크로 아침을 먹었어요. 식탁에는 피뢰침을 파는 외판원과 예닐곱 명의 이동판매원들이 있었어요. 나는 나의 대화가 교수가 여기 있었더라면 취했을 법한 방식을 의식적으로 본뜨는 게 아닌가 여겨졌는데, 어쨌든 그럭저럭 순조롭게 풀어갔습니다. 이동인들은 한두 차례의 어색한 수줍음이 지나자 나를 자기들의 일원인 것처럼 대하면서 나의 '방식'에 대해 관심을 갖고 물었습니다. 나는 내가 하는 일을 설명했고, 그들은 내가 기차 시각에 구애받지 않고 이동할 수 있다는 점을 입을 모아 부러워했습니다. 우리는 꽤 오랫동안 즐겁게 환담했고, 나는 별 의도 없이 책에 대해 설교하기 시작했어요. 마침내 그들은 나에게 파르나소스를 보여 달라고 했습니다. 나는 그들을 데리고 밴이 있는 마방(馬房)으로 갔고, 거기서 서가를 보여주었습니다. 나중에 확인해보니 5달러어치를 팔았더군요. 주일에는 일을 하지 않겠다고 결심했었는 데 말입니다. 하지만 꼭 읽을 만한 것을 그렇게 열심히 얻고자 하는데 어떻게 팔기를 거절할 수가 있었겠어요? 그중 한 사람이 헤럴드 라이트라는 작가는 없냐고 계속 얘기했는데, 나로서는 처음 듣는 이름이었습니다. 교수도 그 작가의 책은 구비해놓지 않은 게 분명했죠. 나는 작은 붉은수염도 결국 문학에 대해 모든 걸 다 아는 건 아니라는 사실이 재미있게 느껴졌습니다.

그 뒤에 나는 교회에 갈까 아니면 편지를 쓸까 고민했어요. 결국 편지로 마음이 기울었습니다. 먼저 앤드류에게 썼어요.

배스, 무즈 호텔

앤드류에게,

사비니 농장을 떠난 지 이게 겨우 3일 됐다니 믿어지지 않아.

솔직히 나는 집에서 보냈던 지난 3년보다 이 3일 동안 훨씬 더 많은 일을 겪은 게 사실이야.

오빠와 미플린 씨가 다툰 점은 유감이어도 나는 오빠의 감정을 이해하려고 했어. 하지만, 내가 그에게 준 수표를 오빠가 지불정지시키려 했던 건 정말 화 나. 그건 오빠가 신경 쓸 일이 아니야. 앤드류. 나는 설리 씨와 통화했고, 우드브리지 지점으로 연락해서 미플린 씨한테 돈을 지급하도록 조치해달라고 했어. 미플린 씨는 나한테 사기로 파르나소스를 판게 아니야. 내가 나의 자유의지로 그걸 산거야. 진실을 알고자 한다면 얘기해 주겠어. 오빠가 잘못 한 거야! 내가 그걸 산 이유는, 그렇게 하지 않으면 오빠가 그걸 살까 걱정됐기 때문이지. 오빠가 그걸 사면 감사절까지 집을 비울 게 뻔한데, 그러면 그동안 나 혼자 농장에 남아 있어야 되잖아. 난 그게 싫었다구! 그래서 이렇게 하기로 나 스스로 결심한 거야. 난 오빠가 혼자 남아서 어떻게 집을 꾸려가는지 볼 거야. 난 내가 잠시 동안 마음을 쉬면서 나만의 모험을 겪어 보고자 한 게 아주 잘한 일이라고 생각해.

앤드류, 몇 가지 오빠가 해주었으면 하는 일들을 여기 적을게.

1. 하루 두 번 양계장에 모이 주고 모든 계란을 수거하는 것 잊지 마. 나무말뚝 뒤에 둥지가 하나 있으니 점검하고, 와이언

다트 중 일부는 얼음저장고 밑에 알을 낳으니까 그것도 챙겨야 돼.

　2. 로지가 할머니가 남기신 파란색 도자기 건드리지 못하게 해. 그녀가 그 크고 투박한 스웨덴 풍 손가락으로 그걸 만지다가 백이면 백 깨뜨릴 게 뻔하니까.

　3. 내복 챙기는 것 잊지 마. 밤엔 더 추워.

　4. 미싱 커버 덮는 걸 깜빡 했어. 오빠가 대신 덮어줘. 안 그러면 먼지가 다 들어갈 거야.

　5. 고양이가 밤에 집안을 돌아다니지 않게 해. 분명 뭔가를 깨뜨릴 거야.

　6. 양말 등 바느질 할 것 있으면 맥널리 아줌마한테 보내. 아줌마가 해 줄 거야.

　7. 돼지 사료 주는 것 잊지 마.

　8. 헛간 위의 풍향계 고치는 것 잊지 마.

　9. 사과통을 사과주스 방앗간에 보내는 것 잊지 마. 안 보내면 데카메론 씨가 나중에 방문 왔을 때 사과주스를 한 모금도 주지 못하게 될 거야.

　10. 기왕 적는 거, 십계명으로 만들기 위해 한 가지만 더 보탤게. 콜린스 아줌마한테 전화해서 다음주 도르카스 자선모임이 다른 회원 집에서 열려야 하는 상황이라고 전해줘. 내가 언

제 돌아갈지 정확치 않기 때문이야. 아마 앞으로 2주 정도는 더 걸릴 것 같아. 이건 백년 만에 갖는 나의 첫 휴가이고, 나는 이걸 삼키기 전에 꼭꼭 씹을 예정이니까.

교수(즉, 미플린 씨)는 자기 책을 쓰기 위해 브루클린으로 돌아갔어. 오빠와 그 사람이 간선도로에서 훌리건들처럼 뒤엉켰던 건 유감이야. 그는 좋은 사람이고, 오빠도 그를 알게 되면 호감을 가지게 될 거라고 생각해.

나는 지금 배스에서 일요일을 보내는 중이야. 내일은 해스팅스 쪽으로 갈까 해. 나는 오늘 아침 5달러어치의 책을 팔았어. 일요일인데도 말이야.

오빠의 귀여운 여동생
헬렌 맥길

*추신: 씨앗분리기를 사용한 다음엔 꼭 청소를 해줘야 돼. 안 그러면 끔찍한 상태가 될 거야.

앤드류에게 쓰고 난 다음 나는 교수에게 메시지를 전해야겠다고 생각했습니다. 나는 이미 마음속으로는 그에게 장문의 편지를 써 두었었지요. 하지만 막상 그것을 종이에 옮기자니 몹시 어색했습니다. 어떻게 시작해야 좋을지 떠오르지 않았지요. 그가 이 자리에 있다면 얼마나 좋을까, 그가 말하는 걸 들을 수 있다면 얼마나 재미있을까, 그런 생각이 들었습니다. 그렇게 가까스로 한두 문장을 쓰고 있는데, 외판원들 중 몇 명이 방으로 돌아왔습니다.

그중 한 사람이 말했어요.

"오늘자 신문인데, 보실래요?"

나는 미소와 함께 짧게 고맙다는 인사를 하면서 신문을 집어 들었어요. 그런데 기사 제목에 눈길이 박혔습니다. 흉칙한 검정색 글자가 내 앞에 서 있었고, 내 심장은 쪼그라들었습니다. 손가락 끝이 가늘게 떨렸습니다.

해안선 뉴욕행 급행열차 충돌 사고!
신호 전환기 고장으로 인한 열차 돌진이 원인
사망 10명, 부상 20여 명

글자들이 몰트우유 광고판 크기로 내 앞에 세워져 있는 것 같았습니다. 머리칼이 쭈뼛해지는 불안감 속에서 나는 기사를 읽었어요. 토요일 오후 4시 프로비던스를 출발한 급행열차가 6시 무렵 윌던 부근에서 신호기 고장으로 탈선, 화물상자들을 연쇄

적으로 들이받아 화물칸은 완파됐고 흡연칸은 전복되어 제방 쪽으로 굴렀다는 내용. 열 명이 사망…… 내 머릿속은 어질어질 했어요. 이 기차가 교수가 탄 그 기차 아닌가? 나는 생각해 보았습니다. 그는 우드브리지에서 3시에 지방열차를 탔어요. 그 전날 그는 급행열차가 포트비거에서 5시에 출발한다고 했고요. 만약 그가 급행열차로 갈아탔다면…….

혼이 나가는 공포감 속에서 나의 눈은 사망자 명단에 고정되었습니다. 빠르게 명단을 훑어보았습니다. 천만다행으로 미플린이란 이름은 보이지 않았어요. 그런데 명단의 맨 마지막이 이랬습니다.

신원 미상, 중년

만약 이 사람이 교수이면 어떡하지?

나는 갑자기 머리가 핑 도는 것 같았습니다. 그리고 태어나 처음으로 나는 기절하고 말았습니다.

다행히도 방에는 다른 사람은 없었습니다. 외판원들은 다시 밖으로 나갔고, 내가 의자에서 미끄러져 쓰러지는 소리를 들은 사람은 아무도 없었죠. 얼마 뒤에 나는 다시 깨어났습니다. 나의 가슴속에는 회오리바람이 불고 있었습니다. 처음에 나는 무엇이 잘못되었는지 깨닫지 못했어요. 그리고 나의 눈은 다시 신문으로 향했습니다. 열병에 걸린 것처럼 나는 기사를 다시 읽었어요. 그리고 아까 읽지 않았던 부상자 명단도 읽었습니다. 내가 아는 이름은 보이지 않았지요. 그러나 '신원미상의 남자'라는 비극적인 단어가 내 눈앞에서 마구 출렁거렸습니다. 아! 차라리 이 사람이 교수라면 얼마나 좋을까······.

진실이 나에게 파도처럼 밀려왔습니다. 나는 그 작은 남자를 사랑했습니다. 나는 그를 사랑했고, 사랑하고 있었습니다. 그는 내 인생에 새로운 무엇인가를 가져다주었고, 그의 진기한 방식들은 살찌고 나이 든 나의 이 심장을 뜨겁게 해주었습니다. 처음으로, 그리고 참을 수 없는 고통의 솟구침 속에서, 나는 깨달았습니다. 그가 없이는 나의 삶은 두 번 다시 견딜 만한 것이 될 수 없음을. 그리고 지금 ― 나는 무엇을 해야 할까요?

나는 어떻게 진실을 알 수 있을까요? 만약 그가 기차에 타고 있다가 천만다행으로 사고로부터 상처 없이 벗어날 수 있었다면, 그는 나에게 그 사실을 알리기 위해 사비니 농장으로 메시지를 보냈을지도 모르는 일입니다. 어쨌든, 그럴 가능성도 없지는 않은 일이었지요. 나는 앤드류에게 걸기 위해 전화기로 달려갔습니다.

오! 이렇게 급한 일이 있을 때 왜 전화 연결은 그렇게 느린 것인지! 교환원에게 "레드필드 158 J"라고 말할 때 나의 목소리는 덜덜 떨렸어요. 나는 불안과 흥분의 두근거림 속에서 상대방 수화기의 익숙한 연결음을 기다렸어요. 레드필드 교환소에서 신호를 받아 우리쪽 선에 연결하는 소리가 들렸습니다. 나는 사비니 농장의 낡은 복도 벽에 걸린 전화기를 머릿속에 떠올렸어요. 앤드류가 통화할 때 팔꿈치를 올려놓는 때문은 회반죽 조각과, 그가 연필로 숫자를 적어놓으면 내가 빵부스러기로 문질러놓곤 하던 메모장까지 떠올렸습니다. 나는 앤드류가 전화를 받기 위해 거실에서 나오는 모습을 그릴 수 있었습니다. 그때 교환원이 무뚝뚝하게 말했습니다. "고객께서 전화를 받지 않습니다." 전화 부스에서 나올 때 나의 앞이마는 흠씬 젖어 있었습니다.

나는 이어지는 시간의 그 공포를 다시는 겪지 않게 되기를 소망합니다. 시원시원하고 쾌활한 사람인 나도 이 고난 속에서는 입이 떨어지지 않았습니다. 나는 무즈 호텔의 여러 호의적인 사람들에게 나의 고통과 불안을 드러내지 않기로 마음먹었습니다. 나는 브루클린의 교수의 주소로 전보를 치기 위해 서둘러 기차역으로 갔습니다. 그러나 그곳은 닫혀 있었어요. 한 꼬마가 오후가 되기 전까지는 열지 않는다고 알려 주었습니다. 나는 한 약국에서 월던의 안내센터로 전화를 걸었습니다. 그리고 마침내 월던의 교환원이 연결해준 어느 장의사와 통화할 수 있었습니다. 무서운, 조의를 가득 담은 목소리(당신은 장의사와 통화해 본 적 있으신가요?)의 대답이 돌아왔습니다. 사망자들 중에 미플린이라는 이름은 없다고, 그러나 아직 신원이 확인되지 않은 시신이 한 구 있다고. 그는 나를 떨게 만드는 무시무시한 단어를 사용했습니다. '얼굴을 알아볼 수 없는'이라는 말. 나는 전화를 끊었습니다.

그때 나는 처음으로 외로움의 공포를 알았습니다. 나는 내가 읽었던 저 불쌍한 작은 남자의 수첩을 떠올렸어요. 그의 용감하고 사랑스러운 방식들을 떠올렸어요. 그의 애처로운 작은 트위드 모자, 단추 떨어진 그의 재킷, 서투르게 바느질한 그의 해진 소매를 떠올렸어요. 나에게 천국이란 다른 것이 아니었어요. 교수와 나란히 앉아 파르나소스를 타고 삐걱거리며 시골길을 돌아다니는 바로 그것이 천국이었습니다. 그는 나의 따분한 인생에 이상이라는 빛을 던져주었어요. 그런데 지금은? 나는 그걸 영원히 잃어버린 건가요? 나는 못생긴 나이 든 여자, 몹시도 외롭고 무력한 여자였어요. 불안과 절망감에 결국 나는 마을 변두리로 나가 울음을 터뜨리고 말았습니다.

한참 뒤 나는 다시 정신을 차렸어요. 나는 내가 그동안 나 스스로에게 숨겨왔던 것을 솔직하게 인정하는 것에 대해 조금도 부끄럽지 않습니다. 나는 사랑하고 있었습니다. 어떤 작고 수염이 붉은 서적판매인, 갤러해드 경(卿)보다 더 밝게 빛나는 그를 나는 사랑하고 있었습니다. 그리고 나는 맹세했습니다. 만약 그가 나를 원한다면, 나는 존재하지 않는 곳의 그 반대쪽까지라도 그를 따르겠다고 말입니다.

나는 호텔로 돌아왔습니다. 앤드류에게 한 번 더 전화를 해야겠다고 생각했습니다. 상대가 수화기를 드는 소리가 들렸을 때, 나는 영혼째 떨고 있었습니다.

앤드류의 목소리가 들렸습니다.

"여보세요?"

"오, 앤드류! 나야, 헬렌!"

"어디야?"(그의 말과 나의 말이 겹쳤습니다.)

"앤드류, 혹시, 혹시 말야, 미플린 씨한테서 연락 없었어? 어제 열차사고 말야…… 그 사람이 그 열차에 탔을 수 있거든…… 사고소식을 듣고 너무 놀라서…… 그 사람 다쳤으면 어쩌지?"

그러자 앤드류가 말했습니다.

"말도 안 되는 소리 하지 마! 미플린에 대해 알고 싶다면 내 말해주지. 그 자는 지금 포트비거 감옥에 있어!"

이렇게 말하고 나서 앤드류는 분명 놀랐을 겁니다. 왜냐하면 내가 웃으면서 동시에 울기 시작했거든요. 그렇게 몸을 떨면서 나는 수화기를 내려놓았습니다.

제13장

전화를 끊고 내가 가장 먼저 하고 싶었던 일은 나의 복받치는 이 감정을 있는 그대로 터뜨릴 수 있는 곳으로 얼른 가는 일이었어요. 전화 부스에서 나설 때 나는 얼굴 표정을 최대한 가다듬었습니다. 그리고는 옆걸음질로 천천히 로비를 가로질러 옆문으로 재빨리 빠져나왔지요. 마방을 찾아가보니 착한 늙은 말 페그가 자기 마구간에서 우적우적 먹고 있었어요. 말 냄새와 무두질한 낡은 가죽의 아늑하고 기분 좋은 냄새가 내 심장으로 고스란히 흘러들어 왔습니다. 그제야 나는 내 머리를 페그의 목에 얹고 울음을 터뜨렸습니다. 내가 그러는 동안 보크는 내 무릎 근처에서 계속 희롱거렸고요. 나는 나이 들고 살찐 이 암말이 내 심정을 온전히 다 이해했으리라 믿어요. 페그도 나만큼 통통하고 나만큼 평범하고 나만큼 중년의 나이였으니까요. 페그도 나만큼 교수를 사랑하고 있었으니까요.

앤드류가 한 말이 갑자기 내 마음에서 메아리처럼 다시 울렸습니다. 전에는 그의 말에 그렇게 주의를 기울인 적이 거의 없었지요. 하지만 지금은 커다란 안도의 기쁨 속에서 그의 말의 소중함이 고스란히 느껴졌습니다. —"감옥에 있어."

그러니까 교수는 지금 교도소에 있습니다! 그가 우드브리지에서 이상하게 사라졌던 건 그런 이유 때문이었습니다. 그 짐승 같은 셜리 놈이 레드필드에서 전화를 했고, 그래서 교수가 수표를 현금으로 바꾸러 우드브리지 지점에 갔을 때 사람들이 그를 체포했던 것이었습니다. 그것이 그들이 나를 마호가니 대기실에 밀쳐두었던 이유였습니다. 그리고 이 모든 일의 뒤에 다름 아닌 앤드류가 있었습니다. 정신 못 차리는 늙다리 바보 멍청이 달팽이! 나의 얼굴은 분노와 굴욕으로 달아올랐습니다.

나는 진짜 화가 난다는 게 어떤 의미인지 비로소 알 것 같았습니다. 교수가 감옥이라니요! 용감하고 여자에게 정중한 작은 남자, 부랑자들과 좀도둑들을 거뜬히 해치운 그가 사기꾼 누명을 쓰다니요…… 머리가 쿡쿡 쑤시더군요. 내 몸을 가누기 어려울 지경이었어요. 대관절 그들은 교수를 어떤 사람이라고 생각한걸까요? 부녀자 납치범?

나는 즉시 포트비거로 돌아가기로 결심했습니다. 만약 앤드류가 교수를 철창에 가둔 것이라면 그 혐의로 떠올릴 만한 건 나를 속였다는 이유뿐이었죠. 셸비에서 나오는 길거리에서 자기한테 코피를 흘리게 했다는 이유로 그랬을 리는 만무하니까요. 그러니까 내가 가서 그 혐의를 벗겨주면 당연히 그들은 미플린 씨를 풀어주어야 할 것이었습니다.

나는 페그의 마굿간에서 혼잣말로 이렇게 중얼거리고 있었습니다. 그런데 그때 나타난 마방 관리인은, 발그레한 얼굴에 명백히 흥분된 상태로 말에게 중얼중얼 하고 있는 내 모습을 본 순간, 심히 어리둥절한 표정이더군요. 나는 표정을 가다듬으며 포트비거 행 다음 기차가 몇 시에 있는지 물었습니다.

"글쎄요, 손님." 그가 말했어요. "듣자 하니 지방열차는 월던 역 사고처리가 끝날 때까지는 운행이 중지됐답니다. 오늘은 일요일이니까 아마 내일 아침 전까지는 기차가 없겠지요."

나는 생각했습니다. 포트비거로 되돌아가는 길은 그렇게 먼 길은 아니었어요. 소형 자동차를 타면 길어 봐야 한두 시간이면 충분할 것 같았습니다. 그러나 이건 교수를 구출하러 가는 길이었습니다. 그러니 아무래도 그가 몰던 파르나소스를 가지고 가는 게 마땅해 보였어요. 시간은 더 걸리더라도 말이죠. 사실을 말하자면, 교수가 앤드류 때문에 감옥에 갇혔다는 생각에 화도 나고 굴욕감도 든 건 사실이지만 그럼에도 불구하고 나는 마음 깊은 곳까지 앤드류에게 감사하지 않을 수 없었어요. 따지고 보면 어쨌든 앤드류 덕분에 교수가 사고 열차에 타지 않았던 거니까요. 그 점에서 레드필드의 현자는 하늘의 도움과도 같은 역할을 했다고 볼 수 있었어요. 아무튼 파르나소스를 몰고 바로 출발하면 포트비거에 월요일 아침까지는 도착할 수 있을 것 같았습니다.

무즈 호텔의 착한 사람들은 내가 점심을 열고나게 해치우는 걸 보고 심히 놀라는 눈치였습니다. 그러나 나는 그 이유를 설명하진 않았어요. 난들 알겠습니까? 내 머리는 다른 생각들로 가득 차 있었고, 나는 음식이 입으로 들어가는지 코로 들어가는지조차 모르고 있었던 걸요. 그것 아시죠, 여자는 인생에 딱 한 번 사랑에 빠집니다. 좀 늦더라도 마흔 정도까지 기다리면 반드시요! 나는 소녀시절의 장난으로라도 사랑 같은 걸 해본 적이 없어요. 나는 아이 적부터 가정교사를 시작했는데, 아시다시피 가정교사에겐 연애기회가 많지 않지요. 그렇게 사랑이 찾아온 지금, 저는 정신을 차릴 수가 없습니다. 여자가 자기를 발견할 때가 언제인가 하면, 바로 사랑 안에 있을 때입니다. 나는 그녀가 나이가 들었든 살이 쪘든 수더분하든 따분하든 전혀 상관하지 않아요. 그녀는 자신의 갈비뼈 아래가 두근두근 하는 것을 느끼고, 잘 익은 자두처럼 나무에서 떨어지지요. 나는 로저 미플린과 내가 존슨 박사와 그의 아내처럼 이상해 보이는 커플이어도 상관하지 않아요. 나는 한 가지만 알고 있습니다. 그것은 내가 저 작달막한 붉은 악마를 다시 만나면 나는 그의 것이 될거라는 사실이에요. ─ 물론 그가 그걸 원한다면요. 이것이 왜 배스의 낡은 무즈 호텔이 나에게 늘 성스러운 곳으로 남아 있는가 하는 이유예요. 그곳은 나에게 깨달음을 준 곳이에요. 인생은 아직 나를 위한 신선한 무엇인가를 들고 있다, 앤드류를 위해 샹플랭 비스킷을 굽는 것보다 더 좋은 무엇인가를 들고 있다, 그런 깨달음 말입니다.

* * *

그 일요일은 우리 뉴잉글랜드 사람들에게 허락된 10월의 그윽하고 금빛 찬란한 날들 중의 하루였어요. 농부라면 누구나 잘 알듯이, 한 해의 진짜 시작은 3월이고, 9월의 끝이나 10월의 시작쯤 해서 그 해의 계절은 완벽하고 원숙한 정점에 도달하죠. 이 며칠 동안 세상은 꿈속 같은 달콤한 고요 속에, 그리고 쇠락이 시작되기 전 과일의 그 충만함 속에, 조용히 머뭅니다. 나는 (앤드류처럼) 그것을 묘사할 말을 갖고 있진 못하지만, 여러 해의 모든 가을 동안 나는 그것을 눈으로 보고 가슴으로 느꼈어요. 나는 가끔 저녁식사 전 잠깐 동안 나무말뚝에 기대어 하늘을 온통 자줏빛과 보랏빛으로 물들이던 그 10월의 석양을 바라보곤 했습니다. 앤드류가 자기 연구로 일을 할 때는 작은 타자기에서 띠링 하고 울리는 경쾌한 종소리가 들렸는데, 그러면 나는 그 모든 아름다움과 아쉬움을 내 안으로 삼켜 넣고 다시 감자더미를 향해 달려가야 했습니다.

페그는 우리가 교수에게 가는 중이라는 걸 알기라도 하는 듯 흥겨운 덜그럭 소리를 내며 파르나소스를 끌었어요. 보크는 신이 나서 길옆을 따라 날개 단 듯 달렸고요. 그리고 나는 생각할 시간을 많이 가질 수 있었습니다. 전체를 놓고 볼 때 나는 기뻤어요. 곰곰 생각할 일이 많았으니까요. 모험은 약간 장난스럽게 혹은 일시적인 기분으로 시작되었지만, 지금 그 모험은 내 인생의 중핵(中核)이 되고 있었습니다.

나는 공상적이었고, 그리고 젊은 암탉처럼 낭만적이기도 했습니다. 그러나 조지 엘리엇의 이름으로 말하건대 나는 공상적인 사람이 될 기회가 전혀 없었던 여자들에게 미안한 마음이 듭니다. 미플린은 감옥에 있었습니다. 네, 그러나 그는 하마터면 죽을 수도 있었고, '확인이 불가'할 수도 있었죠! 내 마음은 슬픔에만 빠져 있기를 거부했습니다. 나는 그를 불법 감금으로부터 구조하러 가는 길이었죠. 길가의 메역취가 갈색으로 바뀌어 축 늘어진 것을 보면서 나는 계절과 내가 비슷한 면이 있구나 느꼈습니다. 여기 있는 나, 여성성이 만개한 상태인 나는 이제 막 나의 가을로 넘어가는 중입니다. 그런데 보세요! 신의 은총으로 나는 나의 남자, 나의 마스터를 찾았어요. 그는 자신의 불꽃으로 나를 타오르게 했고, 나에게 용기를 주었습니다. 앤드류에게, 사비니 농장에, 혹은 그밖의 세상 무엇에 어떤 일이 생기든 나는 상관하지 않아요. 나의 안락과 나의 가정이 있는 곳은 바로 이 파르나소스, 혹은 로저가 텐트를 치는 바로 그 자리 그곳입니다. 나는 황혼녘에 그와 브루클린 다리를 건너기를 꿈꾸었어요. 불타는 하늘을 배경으로 돋을새김된 고층빌딩들을 바라보면서요. 나는 사물을 그 본래의 이름으로 부르는 게 좋아요. 잉크는 잉크죠. 병에 '커머셜 플루이드'라는 마크가 있어도 말이에요. 마찬가지로 나는 내가 사랑 안에 있다는 사실을 숨기지 않기로 했어요. 반대로 나는 그 사실을 대단히 기뻐했죠. 파르나소스가 길을 따라 굴러갈 때 그리고 빨간 단풍잎이 10월의 파란 대기 속으로 부드럽게 나부껴 떨어질 때, 내 입에서는 이런 찬가가 흘러나왔습니다.

사랑에 빠진 (살찐) 중년 여인을 위한 찬가

오, 하느님! 내 앞에 이 위대한 모험을 주셔서 감사합니다
메마른 독신의 땅을 벗어나게 하심에 감사합니다
나보다 더 큰 사랑의 영광을 보게 하심에 감사합니다

*섞고 반죽하고 굽는 일이 내 인생의 전부가 아니었음을
가르쳐주셔서 감사합니다
그가 나를 사랑하지 않더라도
하느님, 저는 항상 그의 것입니다*

이런 소리를 혼자 흥얼거리며 우드브리지 근처에 이르렀는데, 큼직하고 번쩍거리는 자동차 한 대가 길가에 세워져 있는 게 보였습니다. 지적이고 부유해 보이는 댓 명의 사람들이 나무 아래 앉아 있었고, 운전수는 타이어를 껴안고 씨름하는 중이었죠. 나는 내 생각에 골똘히 빠져 있었던지라 그 사람들한테 별 관심을 두지 않고 그냥 지나치려 했었습니다. 그런데 그때 갑자기 교수의 신조가 떠올랐어요. 계절에 구애받음 없이 책의 복음을 전한다는 그 신조 말입니다. 일요일이건 일요일이 아니건, 미플린의 원칙을 실행함으로써 그에게 최고의 영광을 돌리자고 생각했습니다. 나는 길가에 멈춰 섰어요.

사람들은 놀란 표정으로 서로의 얼굴을 쳐다보더니 자기들끼리 무슨 말인가를 속삭였습니다. 갸름하고 근면해 보이는 얼굴의 나이 지긋한 남자, 그의 부인으로 보이는 우람한 여자, 그리고 어린 소녀 둘과 골프복 차림의 남자가 있었지요. 나이 든 남자는 왠지 어디서 본 적이 있는 것 같은 얼굴이었어요. 혹시

사진에서 본 앤드류의 문인 친구 중 한 명인가 싶었습니다.

보크는 바퀴 옆에 서서 길고 끝이 말린 혀를 이빨 사이로 넣었다 뺐다를 반복하고 있었어요. 내가 어떤 말로 공격의 포문을 열 것인가 잠깐 고민하는 중에 나이 지긋한 신사가 먼저 말했습니다.

"교수는 안 보이는군요."

이때 나는 미플린의 유명세를 정말 실감했습니다.

"어머!" 내가 말했어요. "당신도 그를 아시나요?"

"글쎄요, 그렇다고 생각합니다만." 그가 말했어요. "지난봄에 나를 찾아와서 학교도서관을 위한 예산에 대해 얘기하고, 자기가 원하는 걸 약속 받기 전까지는 자리를 뜨지 않겠다고 했던 그 교수가 맞다면 말입니다. 그날 우리 집에 묵으면서 새벽 네 시까지 문학에 대해 얘기를 나누었습니다. 그는 지금 어디 있죠? 혹시 당신이 파르나소스를 인수하셨나요?"

"지금 현재 미플린 씨는," 나는 말했습니다. "포트비거 감옥에 수감되어 있습니다."

부인은 놀라서 짤막한 비명을 질렀고, 신사 역시 못지않게 놀란 표정이었습니다. (내가 보기에 그는 학교 장학관이나 그 비슷한 부류의 사람으로 보였어요.)

"감옥에요!" 그가 말했습니다. "아니, 대체 무슨 일로요? 그가 닉 카터나 버사 클레이를 읽은 사람을 때리기라도 했나요? 내가 보기엔 그런 일 말고는 그가 저지를 만한 범죄는 없는데요?"

"나를 속여서 400달러를 갈취했다는 혐의를 받고 있죠." 내가 말했어요. "나의 오빠가 그를 가두게 했습니다. 하지만 사실을 말하건대 그는 그런 짓을 할 사람이 아니죠. 나는 나의 자유의지로 이 파르나소스를 샀거든요. 나는 지금 그를 꺼내주러 포트비거로 가는 중입니다. 그리고 그가 나오면 나는 그와 결혼할 생각입니다. 물론 그가 원한다면요. 더구나 올해는 윤년도 아니니까요."

그가 나를 바라보았어요. 그의 갸름하고 주름진 얼굴에 우정의 빛이 어렸지요. 넓은 갈색 이마 위로 빗어 넘긴 짧은 은발이 그렇게 잘 어울릴 수 없는 얼굴이었어요. 화려한 다크 슈트와 티끌 하나 없는 칼라로 보건대 예절과 교양을 잘 배운 사람임이 분명했죠.

"그거 잘 됐군요." 그가 말했습니다. "교수의 친구는 누구든 우리의 친구이기도 합니다." (그의 부인과 여자아이들이 맞다고 호응했습니다.) "당신의 용무에 신속을 기하기 위해 혹시 원하신다면 이 차로 태워드릴 수 있습니다. 파르나소스는 여기 이 봅이 포트비거까지 무사히 몰아드릴 수 있고요. 우리 타이어 수리는 곧 끝나거든요."

젊은 남자도 이 말에 진심으로 동의했지만, 아까도 말했듯이 나는 파르나소스를 내가 직접 몰고 가기로 결심하고 있었습니다. 고난을 겪은 미플린에게는 이 파르나소스야말로 최고의 위안이요 아픔을 덜어줄 진정제가 될 거라고 믿고 있었으니까요. 그래서 나는 고마운 제안을 사양하고, 상황을 조금 더 자세히 설명했습니다.

"좋습니다." 그가 말했습니다. "그렇다면 제 도움이 필요할지 모르겠군요."

그는 주머니 수첩에서 명함을 뽑더니 거기에 뭔가를 적었습니다.

"포트비거에 도착하시거든," 그가 말했습니다. "교도소에 이걸 보여주세요. 그러면 아마 다 해결될 겁니다. 내가 마침 거기 사람들을 좀 알거든요."

그렇게 그 사람들과 일일이 악수를 나눈 뒤 나는 다시 출발했습니다. 이 우정 어린 작은 사건으로 나는 더더욱 즐거워졌죠. 그렇게 얼마 안 가서 그가 준 명함을 들여다보았어요. 그제서야 나는 왜 그 남자 얼굴이 낯이 익은지 깨달았습니다. 명함에는 간단히 이렇게 씌어 있었어요.

라레이 스톤 스태포드

달링턴 주지사 관저

그는 주지사였어요!

제14장

파르나소스가 언덕 꼭대기를 지날 때 내 얼굴에는 저절로 미소가 지어졌어요. 나는 멀리 강을 한 번 더 바라보았습니다. 이 풍경은 내가 소녀 시절 낭만의 시야로 볼 때와 어찌 이렇게 다른지요! 그 시야가 오랫동안 내 삶의 특징이었어요. 교양 있고 진중한 사람이 되겠다는 나의 결심과 달리, 내 삶은 단순하고 평범하고 때로는 우스운 일들로 채워졌었거든요. 그럼에도 불구하고, 월던의 참사와 그로 인해 비통해 할 모든 사람들을 떠올리려니 나는 재차 울음이 나올 뻔했습니다. 나는 주지사가 그때 월던에서 사고원인에 대한 조사를 지시하고 돌아가던 길이 아니었나 싶었습니다.

명함에 그는 이렇게 썼더군요. —"로저 미플린 씨를 즉시 석방하고, 이 숙녀분께 모든 정중함을 다하기 바람."

그래서 나는 아무런 걱정을 하지 않았고, 이것이 나를 계속 나아가도록 힘을 주었습니다. 선착장을 건넌 뒤 우리는 우드브리지에서 저녁을 먹을 동안만 머물렀습니다. 나는 내가 대기실에서 기다리던 그 은행을 지나쳤는데 그 비열한 작은 출납직원에게 채찍으로 벌을 주면 얼마나 속이 시원할까 싶었습니다. 나는 그들이 교수를 어떻게 포트비거로 데리고 갔는지 궁금했습니다. 그리고 지금이 그가 부랑인들을 감옥으로 데리고 가겠노라 위협했던 그 토요일 아침이면 어떨까 하는 생각을 떠올리며 나도 모르게 웃음을 지었습니다. 지금도 나는 그가 모든 일을 자신만의 철학적 방식으로 침착하게 풀어낸다는 데 대해 조금도 의심하지 않고 있어요.

여느 시골 도시와 마찬가지로 우드브리지 역시 일요일 밤은 쥐죽은 듯 고요했습니다. 내가 저녁을 들었던 작은 호텔에서는 충돌사고 말고는 아무 대화 주제가 없었습니다. 그런데 내가 계산서를 내밀자 주인이 마당에 있는 파르나소스를 알아보더군요.

"저게 그 행상인이 팔았다는 그 버스죠, 아닌가요?" 그가 곁눈질하며 말했습니다.

"맞아요." 나는 짧게 대답했어요.

"그를 기소하러 가시는 거군요, 그렇죠?" 그가 넌지시 물었습니다. "그나저나 그 친구 정말 대단하던데요. 보안관이 그의 손목에 수갑을 채우려 하자 그 얼굴에 주먹을 날리고 턱을 거의 부숴 놓았다니까요. 키는 난쟁이만한 사람이 어찌나 싸움을 잘

하던지!"

나는 그 사람이 바로 나의 용맹한 작은 전사입니다, 라고 말해줄까 하다 참았습니다. 내 얼굴은 자부심으로 약간 달아올랐습니다.

포트비거로 돌아가는 길은 끝이 없는 것처럼 느껴졌어요. 프랫 씨의 채석장에 있던 악당들이 떠오르자 좀 겁이 났습니다. 하지만 옆자리에 앉은 보크를 보며, 두려워하는 건 비겁한 것이라는 생각이 들었습니다. 우리는 어둠속을 천천히 나아갔습니다. 별들이 기다란 띠를 이루어 흐르는 아래로 칠흑 같은 소나무들이 줄지어 서 있는 길을 지나, 강을 내려다보는 경사진 구릉에 올라섰습니다. 달이 휘영청 떠 있었지만, 나는 몹시 피곤하고 외로웠습니다. 나의 작은 붉은수염을 보고 싶은 마음뿐이었습니다. 페그도 피곤했는지 천천히 터벅터벅 걸었습니다. 한밤중이 되어서야 기찻길의 신호등이 눈에 들어왔습니다. 드디어 포트비거에 거의 당도한 것이었습니다.

나는 그 자리에서 야영하기로 마음먹었습니다. 페그를 길가 들판으로 이끌어 울타리에 매고는 개를 데라고 밴 안으로 들어갔어요. 옷을 갈아입을 생각도 못할 만큼 피곤했습니다. 나는 침상 위로 몸을 던지고 담요를 끌어다 덮었습니다. 그때 침상 뒤로 뭔가가 툭 하고 떨어지는 소리가 들렸습니다. 무엇인가 봤더니 교수가 두고 간 거무스름한 콘파이프였어요. 나는 그걸 베개 밑에 넣고 이내 잠이 들었습니다.

다음날은 10월 7일, 월요일이었어요. 이 글이 팬지꽃 같은 눈망울에 날씬하고 매력 넘치는 여자에 관한 소설이었다면, 이날 아침 눈을 떴을 때의 느낌은 마땅히 매우 다르게 묘사되어야 옳겠지요. 그러나 이 글은 단지 뚱뚱한 뉴잉글랜드 아줌마의 인생에서 가져온 몇 페이지에 지나지 않으니, 나는 솔직해지렵니다. 나는 들뜨고 뚱한 느낌으로 눈을 폈습니다. 회색의 쌀쌀한 날씨였습니다. 해협 쪽에서 미세한 물방울들이 바람에 실려 오고 있었고, 가끔씩 갈매기 울음소리가 들렸어요. 나는 불행했고 불안했고, 그래요 부끄러웠어요. 열정적으로 나는 교수에게 달려가 그를 품에 안고 싶었습니다. 파르나소스에서 그와 둘이 있고 싶었고, 햇빛 가득한 한적한 길을 삐걱거리며 함께 가고 싶었습니다. 하지만 내 귀에 그의 말이 들려왔습니다. 자기는 나와 아무 관계가 없는 사람이라는 그 말. 그러니 결국, 그가 나를 사랑하지 않는다면, 그땐 어떡하지?

나는 두 개의 들판을 가로질러 해변으로 내려갔습니다. 높지 않은 파도가 자갈밭에서 찰싹이고 있었습니다. 나는 바닷물에 손을 씻고 얼굴을 씻었습니다. 그리고 다시 파르나소스로 돌아왔습니다. 커피를 끓여 연유를 섞어 마시고, 페그와 보크에게 아침을 주었어요. 그러고 나서 페그를 다시 밴에 맸어요. 기분이 좀 나아졌습니다. 시내로 들어가는 길에 건널목에서 멈추어야 했습니다. 충돌사고로 부서진 기차가 덜컹거리며 지나갔거든요. 월던에서 돌아가는 길이었습니다. 이제 철도 운행이 재개된 모양이었습니다. 나는 조종실에 타고 있던 침울한 표정의 사람들을 보았어요. 그들에게 생긴 사고를 생각하자 몸이 떨렸어요.

비거카운티 교도소는 시내에서 1.5킬로미터쯤 떨어져 있었습니다. 커다란 쇠못이 박힌 높다란 벽이 지저분한 회색의 벽돌 건물을 에워싸고 있었습니다. 아직 꽤 이른 시각이라 다행이라는 생각이 들었습니다. 아는 얼굴을 만나지 않고 거리를 지날 수 있었거든요. 마침내 높다란 감옥 벽에 달린 문 앞에 도착했을 때, 경비원인 듯한 사람이 내 앞을 막아섰습니다.

"들어가실 수 없습니다, 아가씨." 그가 말했습니다. "면회일은 어제였고, 다음 달까지는 면회가 없습니다."

"들어가야 돼요." 내가 말했어요. "무고한 사람이 안에 있단 말이에요."

"다들 그렇게 얘기하죠." 그가 낮은 목소리로 비꼬듯 말하며 길 중간쯤에 침을 탁 뱉었어요. "여기 재소자들은 다 그럴 만한 이유가 있어서 온 겁니다. 그의 친구들이 와서 하는 얘길 들으면 하나같이 다들 아닌 것 같지만 말이죠."

나는 스태포드 주지사의 명함을 보여주었습니다. 그러자 그는 꽤 놀란 표정이었죠. 그러더니 벽에 딸린 초소로 들어갔습니다. 누군가와 통화를 하는 모양이었어요.

그는 곧 돌아왔어요.

"보안관이 만나보시겠답니다. 하지만 다이너마이트 승무원실처럼 생긴 이것은 여기 두고 가셔야 합니다."

그가 커다란 철문에 딸린 쪽문을 열고 나를 그 안의 다른 사람에게 인계하며 말했습니다.

"여기 이 분을 보안관실로!"

비거카운티 교도소의 죄수들 중에는 수준급 조경사가 될 만큼 훈련받은 사람들이 있는 모양이었어요. 지면의 상태가 썩 좋았거든요. 잔디는 푸르렀고 말쑥이 다듬어져 있었죠. 물론 모양이 엉망인 화단도 없지 않았지만요. 저 멀리에서는 한 무리의 줄무늬옷 사람들이 도로 보수작업을 하고 있었습니다. 안내원이 나를 본관 건물 한쪽의 아담한 별채로 데리고 갔어요. 그곳에서는 아이 둘이 밖에서 놀고 있었는데, 그때 나는 담장이 쳐진 감옥은 아이들 기르기에는 참으로 이상한 장소라는 생각을 했던 기억이 나요.

그러나 내가 생각해야 할 일은 따로 있었죠. 나는 우중충한 회색 건물을 올려다봤어요. 그 안의 감방 중 하나에 교수가 있을 것이었어요. 나는 다시 한번 앤드류한테 화가 났습니다. 그러나 어찌 되었든 교도소 담장 안에서는 그 모든 게 일종의 꿈같은 일로 보였습니다. 보안관의 별채 현관으로 안내된 나는 1분쯤 뒤에 목이 굵고 정치적인 콧수염을 기른 거구의 보안관과 이야기를 나누었습니다.

"여기 로저 미플린이라는 사람이 있지요?" 내가 말했습니다.

"죄송합니다만 부인, 제가 이곳 재소자들의 이름을 다 기억하고 있지는 못합니다. 원하신다면 사무실로 가서 함께 기록을 살펴봐야겠습니다."

나는 주지사의 명함을 보여주었습니다. 보안관은 명함을 받아들더니 거기 쓰인 메모가 지워지기를 기다리는 사람처럼 들여다 보았습니다.

우리는 잔디를 가로질러 구치소 건물로 들어갔습니다. 가구가 별로 없는 널따란 사무실에서 그가 카드 색인을 뒤졌어요.

"여기 있군요." 그가 말했습니다. "로저 미플린. 나이 41세, 얼굴형은 계란형, 안색은 불그스름한 편, 모발은 붉지만 거의 없고, 신장 162센티미터, 탈의 시 체중이 54킬로그램, 모반(母斑)은—"

"됐습니다, 그 사람이 맞아요." 내가 말했습니다. "그런데 그가 여기 있어야 하는 이유가 뭐죠?"

"그는 현재 예심중이고, 보석이 없는 상태라 구금되어 있죠. 기소 이유는 사기로서, 사기 상대는 이름은 헬렌 맥길, 미혼이고, 나이는 —"

"말도 안돼요!" 내가 말했어요. "내가 헬렌 맥길이고, 그 사람은 나한테 사기를 친 적이 없습니다."

"현재 고발이 된 상태이고요, 고발자는 당신의 오빠이신 앤드류 맥길께서 당신을 대신하여 —"

"나는 앤드류 씨가 나를 대신하라고 허락한 적이 없습니다."

"그럼 고발을 취하하시는 겁니까?"

"물론이에요." 내가 말했어요. "뿐만 아니라 나는 앤드류 씨에 대한 역고발과 체포 요청을 아주 심각하게 고려하고 있습니다.

"이건 아주 이례적인 케이스로군요." 보안관이 말했습니다. "하지만 어쨌든 수감자가 주지사와 면식이 있으므로 이행에 여부는 없겠습니다. 다만 우리가 영장을 무효화하기 위해서는 서약이 필요합니다. 우리 주(州)의 법률에 따르면, 수감자와 가장 가까운 친족인 사람이 수감자의 선량한 행동에 대하여 보증을 서야만 합니다. 없는 경우에는 —"

"있어요!" 내가 말했습니다. "내가 바로 수감자의 가장 가까운 친족이에요."

"무슨 뜻이신가요?" 그가 물었어요. "부인이 로저 미플린 씨와 어떤 관계이신데요?"

"그가 여기서 나가자마자 그와 결혼할 관계입니다. 됐나요?"

그는 큰 소리로 웃음을 터뜨렸습니다. "그렇다면 막을 자는 아무도 없죠." 그가 말했어요. 그는 주지사의 명함을 책상 위의 파란색 종이에 끼운 다음 서류의 빈칸을 채우기 시작했어요.

"자, 맥길 양," 그가 이어서 말했습니다. "이곳 재소자 중 한 사람 이상을 데리고 나가시면 안 되는 것 아시죠? 그러면 난 목이 잘립니다. 자, 간수가 당신을 감방까지 안내할 겁니다. 일이 이렇게 된 점, 매우 유감스럽게 생각합니다. 하지만 우리 측의 실수는 추호도 없었다는 점을 잘 아실 겁니다. 나중에라도 주지사를 만나시거든 그 점을 꼭 말씀해 주시기 바라겠습니다."

나는 안내원을 따라 아무 장식이 없는 돌층계를 따라 두 개 층을 올라갔고, 흰 석회를 바른 기다란 통로를 따라 걸어갔습니다. 그곳은 무시무시한 장소였습니다. 창살 쳐진 작은 창문이 달린 육중한 문들이 계속 이어져 있었어요. 문마다 금고처럼 번호 조합식 자물쇠가 달려 있었습니다. 나는 무릎이 후들후들 떨렸습니다.

하지만 실제 감방은 예상했던 것처럼 실제로 그렇게 살벌한 곳은 것은 아니었어요. 교도관은 긴 복도 끝에 멈추었습니다. 그가 자물쇠의 다이얼을 돌렸죠. 그동안 나는 약간 두려움에 떨며 기다렸어요. 나는 교수가 삭발당한 채(불쌍하게도, 삭발할 머리카락도 없지만) 줄무늬의 캔버스천 옷차림으로 발목에는 쇠사슬과 쇠공을 달고 있을 걸로 생각했거든요.

문이 마지못한 듯이 열렸습니다. 깨끗이 청소된 좁은 방이었습니다. 낮은 간이침대가 있었고, 창살 쳐진 창문 아래 놓인 책상에는 종이가 여러 장 흩어져 있었어요. 교수가 자기 입던 옷 그대로 내 쪽으로 등을 돌린 채 무엇인가를 열심히 쓰고 있었습니다. 아마 그는 식사를 가져온 간수로 여겼나 봐요. 혹은 누군가 들어오는 소리를 아예 듣지 못했거나요. 종이 위를 달리는 펜 소리가 들렸어요. 그는 과장으로 그렇게 하는 게 아니었습니다. 그게 그가 최선을 다하는 모습이었어요.

"여기 가자미와 셰리주 한 잔 부탁해요, 제임스!" 교수가 어깨 너머로 말했고, 교도관은 키득키득 웃음을 터뜨렸어요. 전에도 그런 농담을 주고받은 모양이었어요.

"숙녀께서 뵙고자 찾아오셨는데요, 각하." 교도관이 말했습니다.

교수가 뒤를 돌아보았습니다. 그의 얼굴은 백짓장처럼 하얘졌습니다. 그를 만난 이후 그가 그렇게 말문이 막혀 하는 모습은 처음이었지요.

"매, 맥길 양! 착한 사마리아인이란 당신을 두곤 한 얘기로군요!" 그가 약간 더듬거리며 말했습니다. "보시다시피 나는 존 번연 역을 하고 있죠. 옥중 집필 말입니다. 드디어 내 책을 쓰기 시작했어요. 그나저나 여기 사람들은 도서관은커녕 문학의 문자도 모르니, 원!"

나는 우리 뒤에 서 있는 고릴라 같은 교도관에게 이렇게 마음에서 우러나오는 감사와 애정을 느껴보기는 태어나 처음이었습니다.

아무튼 우리는 아래층으로 내려왔어요. 교수가 자신의 원고를 챙길 때 보니, 벌써 상당한 진척이 있었습니다. 감옥에 들어온 지 불과 36시간 만에 자그마치 50페이지를 썼으니까요. 우리는 사무실에 들러 몇 가지 서류에 서명을 해야 했어요. 보안관은 미플린에게 매우 사과하는 모습이었고, 자기 차로 시내까지 데려다주겠노라고 제안하기까지 했습니다. 하지만 파르나소스가 문 앞에서 대기 중이라고 내가 설명했지요. 이 말을 들은 교수의 눈이 환해졌는데, 나는 그를 서둘러 데리고 나와야만 했습니다. 교도소에 양서를 보급하는 문제로 그가 한바탕 논증을 늘어놓으려 했거든요.

우리가 다가가자 페그는 나지막이 울었고, 교수는 페그의 부드러운 코를 두드려주었어요. 보크는 목줄을 잡아당겨가며 기뻐서 어쩔 줄 몰라 했죠. 마침내 우리는 우리끼리 남게 되었습니다.

제15장

그 일이 정확히 어떻게 일어났는지는 잘 모르겠어요. 우리는 포트비거를 통과하는 빠른 길을 마다하고 언덕 위로 이어지는 샛길로 방향을 잡았어요. 우리가 건너는 들판에는 바다에서 불어오는 신선하고 감미로운 공기가 가득했죠. 교수는 말없이 주변을 둘러보았어요. 언덕 위에는 자작나무 숲이 있었습니다. 수백 그루의 나무줄기가 햇빛을 받아 환하게 빛나고 있었어요.

"다시 나오니 이렇게 좋을 수가 없군요." 그가 조용히 말했습니다. "현자는 자기 책들에 쓴 만큼 그렇게 탁 트인 공기를 간절히 사랑하는 사람일 수가 없습니다. 그랬다면 사람을 이렇게 감옥으로 가둬 놓고 맘 편히 있진 못했을 테니까요. 어쩌면 그의 코에 한 방 더 갚아줘야 하는 거 아닌지 모르겠습니다."

"어머, 로저!" 내가 말했어요. 내 목소리는 가늘게 떨리고 있었습니다. "미안해요, 미안해요."

별로 유창하진 못했어요, 그죠? 그리고 그때, 어떻게 일어난 일인지 잘은 모르겠지만, 그의 팔이 나를 감쌌습니다. 그리고 그가 말했습니다.

"헬렌! 나와 결혼해 주겠소? 나는 부자는 아니지만 그럭저럭 살아갈 만큼 저축한 건 있습니다. 우리에게는 언제나 이 파르나소스가 있고, 이번 겨울엔 브룩클린으로 가서 책을 쓸 수 있습니다. 그러고 나서 페가소스와 함께 세상을 돌아다닙시다. 책에 대한 사랑, 인간에 대한 사랑을 세상에 함께 전합시다. 헬렌— 당신은 내가 찾던 바로 그 사람입니다. 나에게 와서 나를 세상에서 가장 행복한 책파는 사람으로 만들어주지 않으시겠어요?"

틀림없이 페그는 자기가 그렇게 오랜 시간 동안 풀을 뜯도록 가만 내버려두다니 이 사람들이 이상해진 게 아닌가 생각했을 거예요. 시간은 제 혼자 가도록 내버려두고 로저와 나는 앉아 있었어요. 그리고 우리가 함께 다니기 시작한 그 첫 번째 오후부터 언젠가 나를 자기 사람으로 만들기로 결심했었노라고 그가 말하던 그 순간, 나는 뉴잉글랜드에서 가장 자부심 드높은 여자였습니다. 나는 로저에게 그 섬뜩했던 충돌사고에 대해, 그리고 그것으로 인해 내가 얼마나 불안에 떨었던가에 대해 얘기했습니다. 우리 둘 다 앤드류를 용서하는 쪽으로 마음이 기울게 된 건 바로 그 충돌사고였다고 나는 생각해요.

우리는 해협이 내려다보이는 그 모래언덕에서 가볍게 점심을 먹었어요. 산등성이를 넘는 지름길을 택한 덕분에 우리는 포트비거로 다시 내려가지 않고 셸비 도로로 바로 들어섰지요. 페그는 우리를 싣고 그린브리어로 향했고, 우리는 내내 조근조근 이야기를 나누었어요.

우리가 그 언덕길을 따라 이동하는 동안 가장 멋졌던 건 차가운 빗방울이 떨어지기 시작했던 일일 겁니다. 교수(아직 입에 붙어서 이렇게 부릅니다)는 운전석을 방수포로 덮었어요. 보크는 의자로 뛰어올라 그의 주인의 다리 위에 몸을 구부렸습니다. 로저는 콘파이프를 꺼냈고 나는 그 옆에 바투 다가가 앉았죠. 몰려오는 비와 어둠 속을 터벅거리며 나아가자니, 우리는 이 행성에서 가장 행복한 트리오 — 아니, 육중하고 명랑한 저 늙은 말 페그까지 합쳐 가장 행복한 콰르텟이 아닐 수 없었죠. 여름은 지나고, 더 이상 우리는 젊지 않아요. 그러나 우리 앞에는 엄청난 것들이 있음을 나는 알아요. 나는 빗방울 소리에 귀 기울였고, 파르나소스 차축에서 들리는 삐걱거리는 소리에 마음 기울였습니다. 나는 나의 빵덩어리 '명시선집'에 대해 생각하면서, 로저가 원한다면 백만 덩어리라도 얼마든지 구워주겠노라 다짐했어요.

우리가 그린브리어에 도착한 건 저녁시간이 지나서였어요. 로저가 레드필드로 바로 질러가는 지름길로 가자고 제안했는데, 나는 그러지 말고 우리가 지나왔던 셸비와 그린브리어를 경유해서 가자고 그에게 청했어요. 내가 그렇게 청하는 이유는 말해주지 않았습니다. 우리가 교차로의 커비 씨네 가게 앞에 멈췄을 때 비가 세차게 내리기 시작했고, 로저는 쉴 채비를 했습니다.

"자," 로저가 말했습니다. "들어가서 호텔이 어떤 방을 가지고 있는지 볼까요, 당신?"

"그보다 더 좋은 생각이 있어요." 마침내 내가 말했어요. "케인 목사한테 가서 우리를 결혼시켜 달라고 하는 게 어때요? 그러고 나서 사비니 농장으로 가서 앤드류를 깜짝 놀라게 하는 거예요!"

"휘멘(혼인의 신)의 이름으로 말하건대," 로저가 말했어요. "당신 말이 백번 옳아요!"

우리가 사비니 농장의 빨간 대문에 들어선 건 10시쯤이었을 거예요. 비는 그쳐 있었지만, 바퀴는 구를 때마다 진흙에 질퍽거리고 웅덩이에 첨벙거렸어요. 응접실 불은 켜져 있었고, 창문 너머로 앤드류가 책상 위로 몸을 숙이고 있는 게 보였습니다. 우리는 내렸습니다. 꽤 긴 여정으로 몸 여기저기가 쑤시고 아팠지요. 로저의 얼굴은 엄격함과 재치가 유머러스하게 섞인 표정으로 바뀌었어요.

"자, 현자를 놀래켜 볼까요!" 그가 속삭였습니다.

우리는 여기저기 물구덩이를 피해 가며 현관 앞으로 올라 문을 두드렸습니다. 앤드류가 한 손에 등불을 들고 나타났습니다. 그가 우리를 보고 놀란 얼굴로 불평을 늘어놓으려 할 때.

"제 아내를 소개합니다." 로저가 말했습니다.

"하느님 맙소사!" 앤드류가 말했습니다.

그러나 앤드류는 내가 칠했던 것만큼 그렇게 검은 사람은 아니에요. 자기 방식이 어딘가 잘못되었다는 생각이 들면 그는 애달플 정도로 그것을 만회하려고 애쓰죠. 이어지는 대화에서 내가 기억하는 건 딱 한가지예요. 워낙 정신이 없었거든요. 사비나 농장의 모든 것이 까무러칠 정도로 뒤죽박죽인 채여서 얼른 온 집안을 본래 상태로 돌려놓지 않으면 안 되었으니까요. 어쨌든 두 사람은 파르나소스를 헛간에 들이고 동물들 자리 봐주는 일을 마치자마자 난로 옆에 앉아 얘기를 시작했습니다.

"있잖아요," 앤드류가 말했어요. "당신이 하고 싶은 무슨 일이든 하세요. 당신 부인과 함께요. 사실 그녀는 여기서 지내기엔 아까운 사람이죠. 하지만, 저 파르나소스만큼은 나한테 파시면 안 될까요?"

"꿈도 꾸지 마시오!" 교수가 웃으며 말했습니다.

소설에 등장하는 작가, 인물, 작품

데이비드 그레이슨(David Grayson, 1870~1946)

미국의 작가. 『만족의 모험(Adventures in Contentment)을 비롯한 9편의 에세이 시리즈로 미국의 시골생활을 그려 내 큰 인기를 얻었다. 햄필드 고장에서의 시골 일상을 다룬 소설『햄필드(Hempfield)』도 썼다. '데이빗 그레이슨'은 필명이며, 본명은 레이 베이커(Ray S. Baker)다.

윌리엄 셰익스피어(William Shakespeare, 1564~1616)

영국의 시인, 극작가. 역대 최고의 극작가라 해도 과언이 아닐 만큼 한 시대를 발각 뒤집었던 대문호. 『소네트』, 『루크레티아』 등의 시집과 4대 비극 『햄릿』, 『리어왕』, 『오셀로』, 『맥베스』), 5대 희극 『말괄량이 길들이기』, 『베니스의 상인』, 『뜻대로 하세요』, 『한여름밤의 꿈』, 『십이야』)은 너무나 유명하다. 『헨리 6세』, 『리처드 3세』 등의 역사극, 『줄리어스 시저』, 『안토니우스와 클레오파트라』 등의 비극, 『로미오와 줄리엣』, 『템페스트』 등의 희극도 여러 편 썼다.

찰스 램(Charles Lamb, 1775~1834)

영국 수필가. 『엘리아의 수필』은 그의 신변 관찰을 멋진 유머와 감성으로 문장화한 것으로, 영국 수필의 걸작으로 평가받고 있다. 이 밖에도 『찰스램 서간집』 등이 있다.

로버트 루이스 스티븐슨(Robelt L. Stevenson, 1850~1894)

영국의 소설가. 『젊은이를 위히여』, 『보물섬』, 『지킬 박사와 하이드』 등의 걸작을 썼다.

윌리엄 해즐릿(William Hazlitt, 1778~1830)

19세기 초 영국의 비평가, 수필가. 『셰익스피어극의 성격』, 『영국시인론』, 『영국희극작가론』 등의 평론과 『원탁』 등에 수록된 수필로 유명하다.

찰스 윌리엄 엘리엇(Charles W. Eliot, 1834~1926)

미국 하버드 대학의 21대 총장. 세계 고전문학 51편을 '하버드 클래식' 총서로 편찬하고 이를 장려했다. 이 책들을 모두 서가에 꽂으면 높이가 5피트(약 1.5미터) 정도 된다고 하여 이 총서를 '5피트서가'라고도 불렀다.

앨저넌 찰스 스윈번(Algemon C. Swinburne, 1837~1909)

영국의 시인, 평론가. 『시와 발라드』, 『해뜨기 전의 노래』 등의 시집을 냈다.

『로나 둔(Loma Doone)』

영국 작가 리처드 블랙모어(R. D. Blackmore)가 1869년에 쓴 소설. 낭만적 모험소설의 진수로 평가받는다.

『보물섬(Treasure Island)』

로버트 루이스 스티븐슨의 1883년 소설. 작가가 아들에게 모험 이야기를 들려주기 위해 지었다고 한다.

『로빈슨 크루소(Robinson Crusoe)』
영국 소설가 대니얼 디포(Daniel Defoe, 1659?~1731)가 1719년에 쓴 소설이다.

『작은 아씨들(Little Women)』
미국의 소설가 루이자 메이 올컷(Louisa M. Alcott, 1832~1888)이 1868년에 쓴 자전적 소설. 마치 가문의 네 자매 이야기를 그리고 있다.

『허클베리 핀의 모험(Adventures of Huckleberry Finn)』
마크 트웨인(Mark Twain, 1835~1910). 본명 새뮤얼 클레먼스(Samuel L. Clemens)가 쓴 소설이다.

『감자(The Potatoes)』
유진 그럽(Eugene Grubb)과 윌리엄 길포드(William Guilford)가 1912년 발간한 책. 미국 전역에서의 감자의 재배와 이용에 관한 방대한 정보를 담았다.

월트 휘트먼(Walt Whitman, 1819~1892)
미국의 시인, 수필가, 기자. 초월주의에서 사실주의로의 과도기를 대표하는 인물의 한 사람으로, 그의 작품에는 두 양상이 모두 흔적으로 남아 있다. 미국 문학에서 가장 영향력 있는 작가 중 한 사람이며, 종종 '자유시의 아버지'로 불리기도 한다. 대표작으로『풀잎』이 있다.

오 헨리(O. Henry, 1862~1910)
미국의 소설가. 본명은 윌리엄 시드니 포터(William S. Porter). 『마지막 잎새』로 유명하다.

윌키 콜린스(William Wilkie Collins, 1824~1889)
20세기의 심리파, 사회파 미스터리 작가의 원조라고 할 수 있는 영국 소설가. 대표작 『흰옷을 입은 여자』, 『월장석』 등은 발표와 동시에 선풍적인 인기를 끌었다.

대니얼 분(Daniel Boone, 1734~1820)
미국의 서부개척자, 모험가다.

데이비 크로켓(David Crockett, 1786~1836)
미국의 군인, 정치가다.

킷 카슨(Kit Carson, 1809~1868)
미국 서부개척자다.

버펄로 빌(Buffalo Bill, 1846~1917)
미국 서부개척 시대 총잡이다.

『벽난로 위의 귀뚜라미(Cricket on the Hearth)**』**
영국 소설가 찰스 디킨스(Charles J. Dickens, 1812~1870)가 1846년에 발표한 소설이다.

『호스테터 박사 연감(Doc Hostetter's Almanac)』
호스테터 박사가 1877~1905년 해마다 발간한 가정용 연감. 농사 등에 필요한 월별 기상조건 등과 각종 가정용 의학상식 등을 담았다.

『복수(The Revenge)』
영국 시인 앨프리드 테니슨(Alfred Tennyson, 1809~1892)의 시다.

『모드 멀러(Maud Muller)』
미국 시인 존 휘티어(John G, Whittier, 1807~1892)의 시다.

『아스페러스 호의 난파』
미국 시인 헨리 워드워스 롱펠로(Henry W. Longfellow, 1807~1882)의 시. 『헤스페러스 호의 난파(The Wreck of Hesperus)』의 오독(誤讀)으로 보인다.

조지 고든 바이런(George G. Byron, 1788~1824)
영국의 시인. 『차일드 해럴드의 순례』, 『나태한 나날들』 등의 시집을 냈다.

헨리 8세(Heruy VIII, 1491~1547)
영국의 국왕, 1509년에서 1547년까지 재위했다.

앤 불린(Anne Boleyn, 1507~1536)
헨리 8세의 제1계비, 엘리자베스 1세의 생모다.

헨리 데이비드 소로우(Heruy D. Thoreau, 1817~1862)
미국의 철학자, 시인, 수필가 에머슨과 함께 위대한 초월주의 철학자이며 미국 르네상스의 원천이었다. 주요 저작으로 『월든』, 『시민 불복종』 등이 있다.

조반니 보카치오(Giovanni Boccaccio, 1313~1375)
이탈리아의 소설가, 시인, 『데카메론』이 유명하다.

『데카메론(Decameron)』
보카치오가 1350년경에 쓰기 시작하여 1353년에 집필을 마친 100편의 소설을 모은 책. 사랑에 관한 음탕한 이야기들로 유명한 중세의 우화적인 작품으로, 에로틱한 것부터 비극적인 것까지 잘 나타내고 있다. 또한 기지, 재담, 짓궂은 장난, 세속적인 비법 전수 등의 다른 화제도 이 소설집을 구성하고 있는 요소다.

존 머레이(John Murray, 1898~1975)
스코틀랜드 출신의 캘빈주의 신학자다.

앨프리드 테니슨(Alfred Tennyson, 1809~1892)
영국의 시인으로, 빅토리아 시대의 계관시인. 아름다운 조사와 운율을 담은 작품들로 세계적으로 사랑받았다.

호레이스 트라우벨(Horace Traubel, 1858~1919)
미국의 에세이 작가, 시인. 휘트먼의 친구였다.

에이브러햄 링컨(Abraham Lincoln, 1809~1865)
미국의 제16대 대통령(1861~1865 재위). 미국이 남북전쟁이라는 내부적 위기로부터 벗어나게 하는 데 성공하여 연방을 보존하였고, 노예제를 끝냈다.

조지프 러디어드 커플링(Joseph R. Kipling, 1865~1936)
영국의 소설가, 시인. 인도의 뭄바이에서 태어났으며, 『정글북』 등의 동화작가로 알려져 있다. 1907년 영국인 최초로 노벨문학상을 수상했다.

네부가드네자르(Nebuchadnezzar, 서기 전 630~562)
신바빌로니아 왕(서기 전 604~562 재위), 구약성서에는 '느부갓네살'이란 이름으로 나온다. 자기가 이 세상에서 가장 위대하다고 으스대다 하느님의 벌을 받아 왕위에서 쫓겨난다. 7년 동안 황야에서 살다가 다시 왕권에 복귀하여 뉘우치고 겸손한 왕이 되었다고 한다.

『어느 미혼남의 몽상(Reveries of a bachelor)』
미국 작가 도널드 그랜드 미첼(Donald G. Mitchell, 1822~1908)의 소설이다.

토마스 칼라일(Thomas Carlyle, 1795~1881)
영국 비평가 겸 역사가. 대자연은 신의 의복이고 모든 상정·형식·제도는 가공의 존재에 불과하다고 주장하면서 경험론 철학과 공리주의에 도전했다. 저서 『프랑스 혁명(The French Revolution)』(1837)을 통해 혁명을 지배계급의 악한 정치에 대한 천벌이라 하여 지지하고 영웅적 지도자의 필요성을 제창했다.

조셉 애디슨(Joseph Addison, 1672~1719)
영국 수필가 겸 시인 이자 정치가. 소꼽친구 R. 스틸과 함께 공동창작한 『드카바리』라는 작품에서의 시골 신사의 성격 묘사는 영국 근대소설 발전에 커다란 영향을 끼쳤다.

랄프 왈도 에머슨(Ralph Waldo Emerson, 1803~1882)
미국 사장가 겸 시인. 자연과의 접촉에서 고독과 희열을 발견했다. 정신을 물질보다도 중시하고 직관에 의하여 진리를 알고, 자아의 소리와 진리를 깨달으며, 논리적인 모순을 관대히 보는 신비적 이상주의자였다. 주요 저서에는 『자연론』, 『대표적 위인론』 등이 있다.

로렌스 로웰(Percival Lawrence Lowell, 1855~1916)
미국의 사업가, 작가, 수학자이자 천문학자. 그는 일본과 조선을 여행한 후 여러 기행기를 저술하여 당시 미국에 거의 알려지지 않았던 극동의 두 나라를 자국인들에게 소개했다.

벤 에즈라(Ben Ezra, 1089~1167)
스페인 태생의 유태 율법학자, 신학자, 시인이다.

노아 웹스터(Noah Webster, 1758~1843)
미국의 사전편찬자다.

『해군 소위 후보생 이지(Midshipman Easy)』
프레데릭 메리엇(Frederick Marryat, 1792~1848)의 소설이다.

『그림 형제 동화집』
독일의 야코프 그림(Jacob Grimm)과 빌헬름 그림(Wilhelm Grimm) 형제가 1812년에 출간한 동화집이다.

버나드 쇼(George Bernard Shaw, 1856~1950)
영국의 극작가 겸 소설가이자 비평가, 온건좌파 단체인 '페이비언협회'를 설립했다. 최대 걸작인 『인간과 초인』을 써서 세계적인 극작가가 되었다. 1925년 노벨문학상을 수상했다.

수전 앤서니(Susan B. Anthony, 1820~1906)
미국의 여성 참정 운동가 겸 작가다.

『농부 피어스(Piers Plowman)』
영국의 시인 윌리엄 랭런드(William Langland, 1330?~1400?)가 지은 장편 풍자 시. 당시의 모든 계급과 직업의 인물을 등장시켜 도덕적 타락과 사회적 부패를 신랄하게 풍자·비판했다.

『정글북』
키플링의 소설. 『모글리 3부작』과 『리키 티키 타비』 등 7편의 단편으로 구성되어 있다.

페니모어 쿠퍼(James Fenimore Cooper, 1789~1851)
미국의 소설가, 평론가. 『모히칸 족의 최후』를 썼다.

조지 엘리엇(Georrge Eliot, 1819~1880)
영국 소설가. 주요 저서에는 대작 『미들마치』, 『다니엘 데론다』 등이 있다. 멋진 심리묘사와 도덕·예술에 대한 뛰어난 지적 관심에 의해 20세기 작가의 선구적 역할을 수행한 것으로 평가된다.

조지 보로(George Hemy Borrow, 1803~1881)
영국의 작가. 유럽 여행을 바탕으로 한 소설과 여행기를 썼다.

폴리카프(Polycarp, 69~155)
폴리카르프로스(Polykarpos). 초기 기독교의 신학자다.

제프리 초서(Geoffrey Chaucer, 1343~1400)
영국의 작가 시인, 관료. 『캔터베리 이야기(Tales of Caunterbury)』는 보카치오의 『데카메론』의 영향을 받은 작품으로, 캔터베리 성당으로 가는 순례자들이 말하는 형식의 설화집이다.

벤 건(Ben Gunn)
로버트 루이스 스티븐슨의 소설 『보물섬』에 나오는 등장인물이다.

조지 허버트(George Herbert, 1593~1633)
영국의 목사, 형이상파의 시인. 종교 시집 『성당』이 유명하며, 구어적 표현, 비근한 이미지, 유연한 시형이 특색이다.

오마르 하이얌(Omar Khayyam, 1048~1131)
페르시아의 철학자. 영국 시인 에드워드 피츠제럴드(Edward

Fitzgerald, 1809~1883)가 그의 시를 발굴해 『오마르 하이얌의 루비어야트』라는 영문판 시집으로 펴냈다.

『**허영의 시장**(Vanity Fair)』
820년대를 배경으로 아밀리아 세들리와 레베카 샤프라는 대조적인 두 여자의 얽히고 설킨 운명을 그리면서, 인간의 허영과 그 무렵 영국 사회를 통렬하게 풍자한 윌리엄 새커리(William M. Thackeray, 1811~1863)의 작품이다.

헨리 제임스(Henry James, 1843~1916)
미국 소설가. 1915년 영국으로 귀화하였다. 근대 사실주의 문학의 지도자이며, 이상한 환경·처지와 그러한 관련 밑에 놓인 일반인의 심리를 다루는 데 뛰어났다.

『**폴리아나**(Polyanna)』
1913년 출판된 엘리너 포터(Eleanor H. Porter)의 대표작. 항상 모든 일에 낙관적인 태도로 모든 일에서 '다행스럽고, 즐겁고, 기쁜' 면을 찾으려고 하는 11살 고아 폴리아나의 이야기다.

엘버트 허버드(Elbert Hubbard, 1856~1915)
미국의 작가, 철학자, 대중예술가. 『전설』, 『가르시아에게 보내는 메시지』, 『예수는 아나키스트였다』 등의 작품을 썼다.

로버트 체임버스(Robert W. Chambers, 1865~1933)
미국 작가. 미국과 파리에서 미술을 공부하다가 29세쯤부터 소설 창작에 전념하여 많은 작품들을 남겼다. 단편소설집 『노란옷 왕』은 그의 대표작으로서, 많은 공포·추리소설 작가들에게 영향을 주었다.

갤러해드 경(Galahad)
아서 왕 전설에 나오는 원탁의 기사 중 한 명. 용맹하고 청렴한 인물로 유명하며, '완벽한 기사(The perfect knight)'로도 불린다.

버사 클레이(Bertha Mary Clay)
영국 소설가 샬롯 메어리 브레임(Charlotte Mary Brame, 1836~1884)의 가명(假名). 런던의 한 보석상과 결혼하여 아홉 명의 자녀를 낳았는데 가정형편이 어려워 생계를 위해 작품을 쓰기 시작했다. 영국 내에서 선풍적인 인기를 얻었지만, 미국에서 '버사 클레이'라는 가명으로 해적판이 대량 유통되면서 큰 피해를 입었다.

존 번연(John Bunyan, 1628~1688)
영국의 침례교 목회자, 작가. 영국 국교회 이외의 교파를 탄압한 국왕 찰스 2세의 정책으로 침례교도인 번연은 허가 없이 복음을 전한 혐의로 12년 동안 투옥되었다. 옥중에서 자서전과 필생의 역작인 『천로역정』을 썼다.

옮긴이의 말

이동서점을 소재로 한 모험과 낭만,
그리고 사랑이야기

"책은 우리가 사랑해야 할 가치가 있는 대부분의 것들의
아버지이자 어머니다."
- 크리스토퍼 몰리

책 싣고 달리는 마차

크리스토퍼 몰리의 『유령서점(The Haunted Bookshop)』을 읽은 독자라면 문학과 책에 대한 무한한 애정과 교양을 바탕으로 사람들의 필요에 따라 책을 골라주는 '서적 요법사' 로저 미플린과 그의 아내 헬렌 미플린을 잊지 못할 것이다. 그리고 그들이 브루클린에 파르나소스 서점(Parnassus at Home)을 내기 전에는 백마가 끄는 마차에 책을 싣고 이 마을 저 마을 떠돌며 서적 행상업을 하던 사람들이라는 사실도 아마 기억할 것이다. 이 소설 『파르나소스 이동서점(Parnassus on Wheels)』은 그들이 그렇게 길 위를 떠돌던 당시의 모험과 낭만, 그리고 특히 사랑 이야기를 그리고 있는, 흙먼지 날리는 시골길 로드무비 같은 소설이다. 말

하자면 — 국내에 소개되는 순서로 보자면 —『유령서점』의 프리퀄인 셈이다.

1917년에 출간된 이 소설은 당시의 미국 뉴잉글랜드 지역을 배경으로 하고 있다. 레드필드의 귀농 남매 앤드류 맥길과 헬렌 맥길은 고되지만 나름 행복한 인생의 한때를 꾸려 간다. 그러던 중, 대학교수였던 종조부가 세상을 떠나면서 그들에게 작은 도서관을 지어도 될 정도의 책들을 물려준다. 그때부터 앤드류는 책에 빠져들어 '독서광'이 되더니 급기야 작가로 변신한다. 그가 쓴 책은 베스트셀러가 되고 앤드류는 '레드필드의 현자(賢者)'로 불린다. 농장일은 젖혀둔 채 툭하면 취재여행을 핑계로 집을 비우는 오빠가 철부지 같아 불만이지만, 헬렌은 딱히 내색은 하지 않은 채 꿋꿋이 농장 살림을 꾸려나간다.

그러던 어느날 앤드류가 집을 비운 사이, 야릇하게 생긴 미플린이 더 야릇하게 생긴 파르나소스를 몰고 나타난다. 이 이동서점 마차로 전국 방방곡곡을 돌며 시골에 문학과 양서를 보급해 온 미플린이 독서광이자 현자로 소문난 앤드류에게 파르나소스를 팔려고 찾아온 것이다. 앤드류가 가뜩이나 농장 일에 손을 놓다시피 한 상황에서 파르나소스까지 더해지면 더더욱 정신이 팔릴 것은 불을 보듯 뻔한 일, 헬렌은 앤드류 대신 자신이 직접 파르나소스를 전격 인수해버린다. 15년 동안이나 변변한 휴가도 없이 집안 살림에 헌신해 온 서른아홉 살 헬렌이, 파르나소스와 미플린이 몰고 온 광기와 모험의 폭풍 속으로 자기를 과감하게 내던진 것이다. 이로써 파르나소스의 새 주인, 헬렌의 가슴 뛰는 모험이 시작된다.

헬렌은 미플린한테 이동서점 사업을 배우면서 문학의 의미와 책의 가치에 대해 새로이 알아 간다. 그동안 고되고 힘들게만 느껴졌던 가사노동의 가치도 다시 발견하게 되고, 무엇보다 여성으로서의 자기 개성과 가능성을 재인식하게 된다. 이제까지 겪지 못했던 여행의 기쁨 속에서 새로운 인생과 새로운 행복을 꿈꾸기 시작한다. 그리고 그 과정에서 헬렌은 자기도 모르게 미플린에 대한 격한 사랑에 빠져든다.

미플린과 헬렌, 그리고 마차를 끄는 백마 페가소스와 테리어 강아지 보크 — 이 사랑스러운 네 주인공이 엮어내는 모험 이야기는 독자들로 하여금 계속되는 사건 속에서 긴장의 끈을 놓을 수 없게 하면서도 때로는 미소를, 때로는 폭소를 자아낸다. 특히 작품 전편에서 드러나는 살찐 서른아홉 노처녀 헬렌의 내면은 독자들에게 긴장감이 더해진 재미와 낭만적 감동을 선사한다.

책은 인간에게 알려진 가장 경건한 오락

서적 행상업자라고 했지만 미플린은 그냥 책만 파는 사람이 아니다. 그는 시골 마을에서 다음과 같이 연설한다.

"친구 여러분!" (……) "개에 관한 에이브 링컨의 농담을 기억하시나요? 에이브는 이렇게 물었죠. 꼬리를 다리라고 부른다면 개는 다리가 몇 개냐고요. 여러분은 다섯 개라고 말하시겠죠? 그러나 에이브는 아니라고 했습니다. 네 개라고 했습니다. 왜냐? 꼬리를 다리라고 부른다고 해서 그게 정말로 다리가 되는 건 아니기 때문입니다. 이 비슷한 일이 우리에게도 있습니다. 우리를 사람이라고 부른다고 해서 우리가 사람이 되는 게 아닙니다. 이 지구상의 그 어떤 피조물도 자신을 인간이라고 부를 권리가 없습니다. 단 한 권의 좋은 책이라도 알고 있지 못하다면 말입니다! (… 중략 …) 서가에 좋은 책 몇 권쯤 가진 사람이라야 아내를 행복하게 할 줄 아는 사람이고, 아이들을 귀히 대할 줄 아는 사람이며, 스스로 더 나은 시민이 될 줄 아는 사람이 되는 겁니다. 여러분은 어떻습니까? 그렇게 살고 계십니까?"

이쯤 되면 그의 연설은 물건(즉, 책)을 팔기 위한 제품 설명이라기보다 삶에 대한 태도를 문제 삼으며 근본적인 윤리적 각성을 촉구하는 철학적 연설에 가깝다고 할 수 있다. 그만큼 미플린은 사람들이 왜 책을 읽어야 하는지를 깨우쳐주는 교사이자,

책을 통해 삶을 어떻게 바꿀 수 있는지를 보여주는 문화 전도사이기도 하다(그에게 책은 죽음의 도착마저도 늦추는 힘이 있다. 『유령서점』에서 그는 말한다. "저는 『리어 왕』을 읽은 적이 없습니다. 일부러 읽지 않은 것입니다. 만약 큰병에 걸리면 저는 저 자신에게 이렇게 말하면 됩니다. '아직 죽어서는 안 돼『리어왕』을 읽지 못했으니까.' 이렇게 생각하면 저는 병에서 나을 수 있을 것입니다. 틀림없이 낫고 말고요.")

"책을 가까이 하지 않는 사람은 사람이라고 불릴 자격이 없다"는 미플린의 주장은 — 다소 극단적이기는 하지만 — 오늘날의 우리에게 한번쯤 자신을 돌아보게 만든다. 여기서 책을 가까이 한다는 말은 책이라는 물건을 가까이 한다는 말이 아니라 책 속에 담긴 사상과 감정과 지식을 이해하고 그것을 자기 것으로 만들려고 노력한다는 것, 한 마디로 '읽고 생각한다'는 것을 뜻할 것이다. 그렇다면 지금 우리는 미플린의 시대보다 책이 수백 배, 수천 배 많은 환경에서 살고 있는데, 과연 우리는 100년 전 사람들보다 그 정도 더 많이 생각하며 살고 있는 것일까?

그렇지 않은 것으로 보인다. 반대로 우리는 100년 전보다 오히려 덜 읽고 덜 생각하며 살고 있는 것 같다. 그렇게 된 첫 번째 이유는 책보다 더 재미있는 오락들이 많기 때문이다. 영화와 TV가 있고, 인터넷이 있고, 게임과 스포츠가 있다. 특히 — 이 모든 것을 알끈히 갈아 넣은 듯한 — 스마트폰이 있다. 두 번째 이유는 스스로 생각하지 않아도 되는 삶의 구조가 있기 때문이다. 오늘날 우리는 강력한 검색 장치를 통해 방대한 정보에 쉽게 접근할 수 있는 너무나도 편리한 구조에서 살고 있다. 그래서 굳이 스스로 생각하지 않아도 이런저런 질문에 대한 답을 구하기 어렵지 않다.

이런 상황이다 보니 "가까이에 책은 많으나, 실제로 가까이 하는 책은 없는" 세상에 우리는 살고 있다. 스스로 생각하지 않는 이 삶들은, 앞으로 어디로 흘러가게 될까? 그렇게 스스로 생각하지 않는 사람도 — 미플린 말마따나 — 사람이라고 불릴 자격이 있을 것인가? 이에 대한 고민이 필요해 보인다. "책은 인간에게 알려진 가장 경건한 오락"이라는 소설 속 말이 가볍지 않게 느껴지는 이유다.

책에서 길을 찾고 책을 등불로 삼는 모든 비블리오필(bibliophil)들께 이 소설이 작으나마 웃음과 위안을 드릴 수 있다면 더 큰 즐거움이 없겠다.

봄꽃을 기다리며, 김인수

새로운 인생을 팝니다

지은이 | 크리스토퍼 몰리
옮긴이 | 김인수

펴낸곳 | 마인드큐브
펴낸이 | 이상용
책임편집 | 홍원규
디자인 | 너의오월

출판등록 | 제2018-000063호
이메일 | viewpoint300@naver.com
전화 | 031-945-8046
팩스 | 031-945-8047

초판 1쇄 발행 | 2017년 3월 31일
개정판 1쇄 발행 | 2025년 10월 13일

ISBN | 979-11-88434-93-0 03840

- 잘못 만들어진 책은 바꾸어 드립니다.
- 이 책은 저작권법에 따라 보호받는 저작물이므로 무단전재와 무단복제를 금합니다.
- 이 책의 일부 또는 전부를 이용하려면 반드시 저자와 마인드큐브의 동의를 받아야 합니다.